苏醒

艾瑞思 ◎ 著

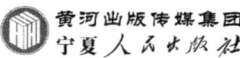

图书在版编目（CIP）数据

苏醒 / 艾瑞思著 . -- 银川：宁夏人民出版社，2023.10
　　ISBN 978-7-227-07866-1

Ⅰ. ①苏… Ⅱ. ①艾… Ⅲ. ①长篇小说—中国—当代 Ⅳ. ① I247.5

中国国家版本馆 CIP 数据核字（2023）第 229622 号

苏醒　　　　　　　　　　　　　　　　　艾瑞思　著

责任编辑　姚小云
责任校对　陈　浪
封面设计　云何视觉·漆孟涛
责任印制　侯　俊

宁夏人民出版社

出 版 人　薛文斌
地　　址　宁夏银川市北京东路 139 号出版大厦（750001）
网　　址　http://www.yrpubm.com
网 上 书 店　http://www.hh-book.com
电子信箱　nxrmcbs@126.com
邮购电话　0951-5052104　5052106
经　　销　全国新华书店
印刷装订　四川科德彩色数码科技有限公司
印刷委托书号　（宁）0027945

开本　800mm×1230mm　　1/32
印张　7.875
字数　152 千
版次　2023 年 12 月第 1 版
印次　2023 年 12 月第 1 版印刷
书号　ISBN 978-7-227-07866-1
定价　48.00 元

版权所有　侵权必究

目录

第一章	001		
第二章	010		
第三章	020		
第四章	031	第十四章	129
第五章	039	第十五章	138
第六章	050	第十六章	148
第七章	059	第十七章	159
第八章	071	第十八章	168
第九章	082	第十九章	177
第十章	090	第二十章	188
第十一章	099	第二十一章	198
第十二章	109	第二十二章	208
第十三章	118	第二十三章	217
		第二十四章	228
		第二十五章	237

第一章

这是一个早春二月的清晨,日出的霞光在我卧室的大玻璃窗上跳跃,橘黄色的光波映红了卧室,这个奇特的清晨,我被一种朦胧的感知唤醒。我睁开双眸,情不自禁地走向大玻璃窗前。窗外,这个瞬间,天空和景色被霞光照耀得美轮美奂,几只白鹭在我的窗外盘旋飞翔,白鹭优雅地展翅,它们在窗外和我互相对视。也许,是我纯白色的长裙和披肩黑发和它们的白色羽毛有几分相似,其中一只白鹭紧紧地盯着我,我也注视着像精灵般的白鹭。

突然,这只和我对视的白鹭展翅向我的玻璃窗俯冲,它仿佛想飞入我房间,或许它想飞向我,我的心骤然紧缩,因为这只白鹭会遭遇危险。瞬间,"咚!"的一声,巨大的沉闷的撞击玻璃的响声,把我从梦中惊醒,但是梦的启示还在延续,我似醒非醒地挣扎着起来,快速走向玻璃窗,冥冥之中我感觉刚才那一幕不是梦境,果然,我看见窗外橘黄色的霞光染红了天际,大玻璃窗上粘着一团白色的白鹭的分泌物,这是白鹭撞击后身体排泄的分

苏醒

泌物,我下意识地推开窗户看向楼下小河边的草坪,那只撞击玻璃窗的白鹭奄奄一息在草地上挣扎。不知为何,我的内心有种剧痛,一种和这只白鹭撞击玻璃窗后的身体的痛苦感觉。当我准备下楼去帮助这只受伤的白鹭时,它竟然蹒跚地站了起来。它的黑色的如芭蕾舞演员的双腿优雅地直立,然后,凌空高飞,娉婷地降落在小河的水面。我做了一个深呼吸,心情放松了下来,刚才身体的那种疼痛也缓解了。这时,房间已被霞光染成金黄色,我才发现时间不早了,赶紧收拾自己去上班。

被人们称作外企白领的我名字叫肖芮,今年四十岁了,一个离婚的单身女人,不菲的收入能雅致地生活,唯一的热爱是写作,我算是一位网络作家了,还有个爱好是烘焙,不过,担心发胖,很少烘烤甜食。我写了一本科幻小说《彩虹之上》想出版实体书,这本书我四处投稿,没有任何消息,只有我的七岁的侄女小橙子不断打我电话询问出版情况,因为她读过我的书,还把内容画了出来,不过,现在的我需要把自己打扮一下,我要保持优雅白领女士的外表到公司楼下吃个早餐。走进卫生间给自己化个淡妆,我看着镜中还算姣好的面容,内心唏嘘:"老天还算眷顾我。"

车被我卖了后,每天上班打的,这是个非常方便的办法,我快速到了公司楼下的咖啡厅,服务生看见我一脸微笑,我说:"和昨天一样,拿铁一杯,不加糖,一个可颂面包,加热。"

服务生快速准备着,我精致地坐在餐桌旁看着大玻璃墙外匆匆忙忙的上班族，这时，服务生端着食物过来说道："女士，你的早餐。"一口咖啡滑入咽部，仿佛唤醒了我今早的似梦非梦的遇见。这时，我非常清醒地在思考今早不可思议的一幕，梦中和现实完全接近。我曾经有个梦境的暗示，也阅读了心理学书籍，希望能有解答，可惜，并没有可信的解答。此刻，我喝完最后一口咖啡，夹杂着这些上班族的人流进入大楼，进入公司上班。

当我坐在办公桌旁，手机铃声响了起来，闺密张玥打来了电话，她急切得有点愤怒的声音在电话里说道："小芮，我昨天接到猎头顾问电话了，说是公司在给你招聘老板。"我一脸懵懂问："什么？我一点儿也不知道。"

"猎头顾问的口气是你公司把你抛弃的感觉，这是什么啊？你是公司老员工和功臣，没人和你谈过吗？"

这时，我才警觉地说："我了解一下。"

放下电话后，我走到另一个同事办公桌旁，她不是和我一个部门，但是一个集团公司的，我看着她问："你知道吗？给我招聘老板？"

"姐姐，全世界都知道了，猎头公司给各个公司市场部经理通知和电话了。大家都在讨论这事，你怎么一点儿不知道？"

顿时，一种被欺骗和屈辱的感觉涌上心头。此刻，鼻子酸酸的，想哭的感觉。不过，我知道，这时，我不能暴露软弱，一股抵达鼻腔的愤怒被我吞咽了。我假装平静地走回自己办公桌。不过，内心有着和办公室分离的感觉，内心一遍遍地自问："这就是职场的残酷？权力的报复？"

这一天对我来说太漫长，我无法专注眼前的工作，胡思乱想地分析前因后果。我明白这个结局的原因，是因为一次"越级汇报"得罪了她，而我的越级汇报是为了公司利益，为此，她恶狠狠地警告过我，只是我想善意地思考这个握住权力肆意妄为的女人不会恶毒，这一次，她的报复手段，给了我很大的教训，颠覆了我对职场的认知，不要期待在竞争残酷的环境中会出现宽容。终于熬到了午饭时间，我无力地走到楼下的餐厅。这栋大厦有很多跨国公司，特别是同行业的公司基本聚集在这里，午饭时间是这些外企聚会聊八卦的时间。

我虽然心情低落，想勉强地把午饭吃了，不能让别人看见自己的反常和懦弱。不过，当我走进餐厅后立刻后悔了。几个外企同行围坐在一张餐桌，她们用好奇和幸灾乐祸的目光扫向我，之前的热情和虚假的亲热也荡然无存。难道这就是人们说的世态炎凉吗？更让我不解的是，我曾经推荐一个女人进入了我的职业领域，找到一份和我相同的工作，她和她的丈夫为此还特意请我吃饭、送我礼物。说实话，之前帮助她是因同情，对这样的帮助我之前评估过，不一定会有赠人玫瑰手留余香的善果。而此刻，她用那副俗气刻薄的表情和睨视的目光假装没有看见我，这时，我的胸膛充满了愤怒的火焰。我知道自己手里握了一堆臭狗屎，我的潜意识走到这个女人身边，举起手臂对着这张功利的玻尿酸的脸打了下去，但现实中的我只能握紧拳头，找了一张餐桌，按捺住愤怒坐了下来，给自己点了一个午饭。这顿午饭吃得没滋没味，如同嚼蜡。当我离开时，打扮得光鲜亮丽的那桌人传来了大笑和一个女人嘲笑的言语：

"肖芮觉得她好像与众不同似的，她写的那篇网文《为了生命而歌唱》是影响了行业，可惜对她的工作和事业发展有什么用啊？这次她老板把她整得够呛，她太不懂职场套路了，她已经不年轻，职业发展就算终结了。如果说她可怜，哼！我一点都不同情她，早看不惯她那种所谓阳春白雪的造作模样。"

我听得很分明，心如刀尖在扎，感觉到心脏的血液在滴答流淌。此刻，我面如死灰，那个光芒四射多才多艺的肖芮变成了被职场抛弃的人，被公司权力操控者当垃圾般抛弃的职员，而且公司没有给我一句安慰和公正的言语。当我成了一个没有利用价值的人，一个被行业耻笑的可悲的人时，所有人就摘下了假面具，而真面孔比假面具丑恶很多，这些人的变脸也颠覆了我过往对人情世故的认知。

短短一天，人情冷暖表现得淋漓尽致，我的心也如跌入冰冻的湖底，看不见阳光……

黄昏时光，我木然地回到了家，暮霭的微光阴郁地照进了客厅。当我抬头看向玻璃窗外时，竟然对这个都市有了陌生的感觉。报复我的是一位浓妆艳抹的妖艳女人，而且善于玩弄权术并掌握着权力。是的，她可以置我于死地，我的脑海里出现了"一脸粉"，戴着精心描绘的面具，用挤出的笑脸对我说："亲爱的芮，你是我们的宝贝。"今天才知道,她是个十足的职场戏精。

不过,此刻,我该怎么办?这是我需要思考的问题,遭遇这样的打击,首先考虑到的是跳槽。无论如何,先解决晚饭吧,心情不好没有心情煮饭,就点外卖吧。

整个夜晚,我的胸口仿佛被一块石头堵住了。沐浴时,我看着镜子里的自己喃喃自语:"我是失败的女人,一个离婚的女人,一个被公司抛弃的员工。我为何没有设防她保护好自己?"我用花洒的热水不断冲洗腰部。因为在工作时我摔成了腰椎间盘突出。为此,我已经告别健身房多年了,十几年的努力和兢兢业业竟然就是这个结局。公司总经理不断更换,整个公司仿佛没有了支架和主心骨,新招聘的高管正好给自己拉帮结派,建立自己团队来巩固自己的权力。我的思绪随着热水在游走。这时,客厅座机电话铃声急促地响起,我裹着浴巾走了出去。

"姨妈,你的小说出版有消息吗?"

一个明亮稚嫩的女孩的声音,这是我聪慧的侄女小橙子,这一天的黑暗,只有小橙子的这句话给了我宽慰。

从这个晚上开始,我的心情进入了抑郁状态,不断地自责和后悔,唯一还有点兴趣的是管理网络社交平台的"文学世界",因为我是这里的管理员,这里有来自世界各地的文学爱好者。

今天,"文学世界"也无法吸引我浏览,因为,忧郁的心情在现实中徘徊弥漫,仿佛空气里充满了抑郁的情绪。这是灰色的一天,我不知怎么渡过漫长的黑夜。我像精神病患者般在卧室和客厅来回走动,不停地喝水。在清晨的第一缕曙光出现时,我才极度疲惫地合上了双眼。

这样的灰暗日子过了两周,疫情暴发了。命运好像跟我开了一个玩笑,让我始料不及遭遇了一场职场报复,又面对疫情。因疫情的突发,欧洲总部决定让所有员工居家办公,这是公司人性化的文化。公司是好公司,有几百年的历史,有着企业文化和管理制度。但人心是险恶的,每个人需要保护好自己不是依靠公司文化和管理制度,而是善于职场那套老套路,溜须拍马,站队加入公司政治。对我而言,我不善于玩弄政治,也不善于玩弄心术,惨败的必然是我。让我心凉的是,那些我曾经善待过的人的翻脸不认人,给了我世态炎凉的真实再现和教训。

疫情防控期间,居家办公也没闲着,电话会议和视频会议络绎不绝,而我已经心不在焉,看着眼前这些人和事仿佛与我无关,我只是参与其中的一个影子。

不过,我开始失眠,无法入睡,经常无缘无故默默流泪,不愿出门与人见面。

这样的状况一直延续到美好的春天三月。终于,这一天,闺密张玥实在不放心,在黄昏时分,日落西山时,她带着温柔和婉约的美丽急匆匆来到了我家。她一进门就问道:

"肖芮,你一个月没出门?你吃饭怎么解决?"

我看着她困惑的脸木然回答:"买外卖,我下楼到小区门口拿。"

"你看你,胖了很多,头发也长了。"她继续说。

苏醒

"我很好,我喜欢这样,吃了睡,睡了吃,工作是应付了,没有了热情。"我无精打采淡淡地说。

她突然愤怒起来,秀美的双眸冒着火焰:"你就这样算了?你去欧洲总部告她,不尊重员工是违法的,外企合规你知道吗?"

"这个妖精太狠了,肖芮,你给公司做了多少业绩,全行业都看在眼里,你竟然遭遇这样的报复?"张玥愤慨地说着,我木然地看着她,表情如死灰。

这时,她说了一句:"我写信举报她,给你报仇。"

我马上回答:"不要,张玥,我会好起来的,报复是双刃剑,不要冲动。"

我感动于闺密的拔刀相助,但不接受报复的行为。

"不过,我失眠,总是情不自禁地哭泣,可能我的心理有了问题。"我声音很低地告诉她。

她看着我叹气道:"这样不行,我约我的心理医生朋友明天给你看看,你和我一起去医院吧,一个月了,你这样怎么行啊?"

我顺从地点点头:"好吧。"

"哦,你喝茶吗?"我问她。

"不喝茶了,家里上有老下有小,这不,老二学习退步了,我也心急如焚。"张玥满脸焦虑说道。

我接着问:"你家飞行员机长飞得多吗?"

"疫情后,他飞得少了,应该说经常在家,不过,家里事都是我操持。"她回答道。

我看着闺密在生活中挣扎，内心感慨自己离婚也许是让我解脱了一地鸡毛的家庭生活，当然，孤独并不好。

"好了，肖芮，我回家了，明天等我电话啊，你必须看医生了。"张玥说着离开了我的家。

我送她下楼走到小区门口，看着她纤细的身影踩着夕阳的余晖匆匆忙忙回家……

第二章

第二天,我顺从地跟着张玥去医院看病。这位心理科医生张大鹏是张玥医学院的同学,他温和爽朗的性格让我快速加了他的微信,不过,诊断的结果是我患了轻度抑郁症。大鹏医生给我开了处方,我拿到药就回家了,感谢了好闺密张玥。

我竟然成了一名抑郁症患者,虽然轻度,也是危险的。我才意识到这次职场打击对我伤害巨大。三月是美好的,我却感受不到和曦的春风和明媚的阳光。我垂头丧气地回家了,正要上楼梯,一楼腰粗身壮一脸粉的大姐拦住了我,她正牵着一条吉娃娃狗。

"哎哟,妹儿,你的脸色好难看。"

她话音一落,我就想起了伤害我的女人,和她一样腰粗身壮一脸粉,心里泛起厌恶之情,特别泛着油光的猩红色口红让我有点头晕,有种说不出的油腻感。我礼貌地点点头,快速走上了楼梯。

回家后,一种温馨的气氛,我制作的干花的淡雅香味弥漫在空气中,我心也安然了很多,家给了我极大的安全感。之前,我喜欢创意美化整理家的环境,喜欢做美食,只是现在对这些我都没有了兴趣。

我看着餐桌上从医院拿回家的抗抑郁的药物"帕罗西汀",嘴里还没吃药就有了苦涩的感觉。不知为何,内心非常抗拒吃药,也许,我的内心抗拒自己有抑郁症的事实。这时,已是正午时分,我想好好洗个澡,仿佛洗澡能冲洗掉抑郁的心情和灰色情绪。

沐浴时,洗发水的薰衣草味道给了我宽慰。我从镜子里看见了眼角的鱼尾纹,短短时间内,自己竟然迅速衰老了,人的精神力量被摧残的结果。难道我就这么不堪一击地崩溃了?我看着自己湿漉漉的凌乱的长发,倏然地看见几根白发夹杂在刘海里。此刻,我的眸子里一定是惊恐的,我找到这几根白发用手扯了下来,内心心疼着自己。这时,我才意识到一个月没有修剪头发了,思忖着沐浴后去美发店把头发修剪了。

我这一个月活得很艰难。走出门这个简单动作,都令我不适。我埋头快步行走,想把自己淹没在人群里。当我走进美发店,熟悉的发型师给我修剪了一头乱发,一小时后我看见镜子里出现了知性优雅的自己,也是近两个月第一次看见了自己的好看。

离开美发店回家时,路上的面馆、各种餐厅的烟火气息和食物的酸甜苦辣的味道在空气中弥漫。这样的烟火味道貌似远离了我很久,此刻,竟让我有些感动。初春的美好让女人们盛装出行,每个人戴着的口罩也没有妨碍她们的美丽和暴露的大长腿,眼前的一幕,让我感受到了万物的活力和阳光,倏然有了想去清城山的念头。是的，我需要去清城山看看，去清城山没有目的地，只是想把自己融入山中和大自然中。

这个夜晚，我仍然没有吃药，但勉强睡了三个小时。天蒙蒙亮时，我睁开眼，迷迷糊糊看见一个人站在我的衣柜前面看着我。我看见了已经去世多年的母亲，她站在我的衣柜前看着我默默不语。我和母亲的关系一直是相爱相杀。在母亲身患癌症后，我们因不同的价值观争吵造成了感情隔阂。母亲是经历了接近一个世纪的老人，在经历苦难和"文化大革命"后，她的人生观里只有"自私"。我以为大病后的她会有悲悯天下的胸襟，让我失望的是她更加狭隘。我经常为了保姆和她争吵，因为我认为她对保姆太刻薄，而母亲的思维好像变成了孩子，她不想思考和改变，更加偏执狭隘。我感觉她是来找我吵架的，我说："妈，你找我有事吗？"她只是默默地看着我消失了。我立刻清醒，我告诉自己这是梦境，可能是幻觉，可能是抑郁症造成的。

我决定利用休息日到清城山，带着我的聪慧的侄女小橙子一起。当我把这个想法告诉妹妹时，妹夫说开车送我和小橙子去。我决定不吃药，相信自己能调整自己康复，我绝不能看着自己变成病人。

星期日一大早，活泼好动的小橙子就来我家，在门口敲门大喊："姨妈，开门，我和爸爸来接你了。"

我早就醒来了，因为晚上只睡了三个小时，脑子还是浑浑噩噩的，早饭只是喝了一盒牛奶。小橙子牵着我的手下楼，我在车上迷迷糊糊睡了一会儿，第一次感觉到清城山的路很远。其实也只有两个小时车程就到了。妹夫对我说："你照顾好橙子，你们结束后，提前给我电话，我开车来接你们。"

就这样，妹夫走了，我和小橙子离开车走向山脚，我和小橙子都穿着牛仔裤，戴着遮阳帽，身着厚的T恤衫，我是一头乌黑长发，小橙子是高高的马尾辫，我们就像一个团队，一个没有年龄差距的二人团队，刚走到山脚就已经感觉到了大山天然氧吧的清新，春天的风温柔而有力量，因为疫情，游人很少，此刻，仿佛大山属于我和小橙子的世界。

当我四目眺望时，"姨妈，快点来啊！"小橙子的声音随着山风传递着，她飞快地爬上了登山台阶，而我虚弱地喘着粗气一步一个台阶，她像阳光一样灿烂地大笑着看着我的脸。

清城山的清幽翠绿暂时让我忘记了忧虑，心情也好了很多。这时，我和小橙子路过了一个小吃摊，这里有各种水果和凉粉，还有不熟悉的小吃。我被水果的清香和鲜艳夺目的颜色吸引了过去，小橙子被凉粉麻辣鲜香的味道吸引了过去。当我四处观望时，看见了一个挨着悬崖的茶馆，我对小橙子说："我们买好食物带到茶馆去喝茶。那里风景好。"

虽然山风有点凉飕飕的，但心情好多了。我买了橙子和草莓，小橙子买了两碗凉粉，我们拿着食物走到了茶馆。露天茶馆紧紧挨着悬崖，几张竹桌和竹凳摆在不大的地方，倒也干净，因为人少，我和小橙子可以不戴口罩自由呼吸，我把水果放在竹桌上，小橙子在摆放食物，这个孩子喜欢收拾和分类，是个省心孩子，而我走向悬崖的栏杆边，看着面前的一片清幽和峰峦叠翠，仰着头让山风吹动我的长发。

"姨妈，你好美。"小橙子美丽的大眼睛闪烁着光芒，塞满嘴亮红的辣椒油和凉粉说道。

"是吗？谢谢宝贝。"我温柔地看着她。孩子的眼睛清澈如水，她像灿烂的暖阳，纯真而美好，是人世间最美好的呈现。

"姨妈，风吹你的头发，你眯着眼睛时好像仙女啊！"小橙子又说。

我扑哧笑了，这是我这个月第一次笑。

"姨妈，来吃凉粉啊，好好吃。"她辣得吸溜着鼻子。

我走到竹桌旁，挨着小橙子坐了下来。

"姨妈，这个凉粉为啥叫伤心凉粉？是谁伤心了做的凉粉吗？"天真的孩子天真的思维。

"橙子，这个伤心凉粉是因为麻辣味道很足，会让人流泪。"

"哦，是这样啊，姨妈，你会伤心吗？"

不知为何，也许是小朋友的这一句，也或者是伤心凉粉的辣让我眼眶红润。

"姨妈，你不要哭，我不想你伤心。"

我和小橙子互相看着，吃着，笑着，眼中含着泪光，我是借着伤心凉粉让自己情绪发泄出来的。

时间就这样愉快地流淌，我和小橙子吃饱喝足牵着手继续爬山。

"姨妈,你给我唱首歌吧?"

"嗯,让我想想。"

我好像很多年没有唱歌了,其实我很喜欢唱歌,歌唱水平接近专业水平。此刻,我思考着会唱的歌曲。我牵着小橙子的手路过了一排排农家乐,因为疫情农家乐几乎没有客人,当我们走过农家乐时,眼前的竹林给了我启发,我对小橙子说:

"姨妈给你唱一首山歌,叫《小河淌水》。"

"耶,好耶。"小橙子拍着双手开心地跳跃,

我清了一下嗓子,然后用我的抒情女高音唱着:

"哎,月亮出来亮汪汪亮汪汪。想起我的阿哥在深山,哥像月亮天上走……"

"姨妈,你的阿哥是谁啊?"小橙子俏皮迸出一句成熟的话。

我一时语塞,应付道:"姨妈不想要阿哥,太累。"

"姨妈,这里有个庙。"孩子一声大喊吓了我一跳,我向前望去,曲径通幽之处,果然有一座红墙碧瓦的庙宇。

小橙子激动地拉着我往庙宇快速地走去。我知道清城山是道教圣地,这应该是一个道观。当我们走进庙宇大门前,看见"清净"两个字的牌匾悬挂在大门前。我们走进庙内,却看见庙里空荡荡的。我和小橙子东张西望着找到买香火之处,放下二十元人民币,准备烧香敬香。我不知道道教的敬香礼仪,正踌躇时,突然,一位穿着道袍的道士从里屋走了出来,他满头银发,白色胡

苏醒

须,白色浓眉下目光炯炯,竟让我有种偶遇高人的错觉。我不知怎样称呼这位道士,嚅嗫道:"师傅好,打扰您了。"道士却深邃地看着我的表情,摇头说:"施主,我是本庙道长,我看你面色苍白,双目混沌,姑娘,你应该病了一个月了。"

我吃惊地看着道士,他接着说:"你虽然是心病,但不得小觑,如果时间久了你会严重,甚至可能一蹶不振。"我眉头紧蹙地看着眼前这位道士,他仿佛看透了我,我竟然不知所措。

师傅继续说:"施主,你可以喝一杯贫道调制的养生茶,稍等片刻。"道士说完转身进里屋取茶,他端着古香古色的茶杯,杯中的茶是中药的颜色,他说道:"施主请喝茶,我们在阳光下的座椅上聊聊吧。"

这时,活蹦乱跳的小橙子靠近我耳边悄声说道:"这位白胡子老爷爷好像我的漫画书里的人物哦,对了,张果老。"童言无忌,惹得我内心想窃笑,不过,如此神圣之地不可不敬。庙中的露天院子异常安静,温暖的阳光照耀着四周,鸟儿啁啾跳跃,我们围坐在一张有年代的四方桌周喝茶。这个茶看似中药却清甜可口,不知为何,我的心情好多了,好像找到了情绪的出口,一股脑地给道长说了我的遭遇。这时,他用沉静如水的表情缓缓说道:"施主,你是身心无法平衡,没有协调好,就如我们道教的阴阳八卦,老子说:'万物负阴而抱阳,冲气以为和。'意思就是万物保持阴阳平衡才能存在,你需要保持身心的和谐状态。"

我仍然用迷惘的目光看着道长,他继续说道:"你需要返璞归真,调养身心,融入大自然。"道长话音落地,顷刻间,我好像明白了什么。我抬头看着湛蓝的天空和温柔的云朵,太阳灿烂的光芒使我无法直视,顷刻间,我泪流满面,我让眼泪尽情流淌,从身患抑郁症到现在,我第一次哭泣,我明白,我这是情绪释放,用眼泪宣泄痛苦和抑郁的心情,这种释放让我内心非常轻松,只是吓坏了小橙子,她急忙用小手给我擦眼泪。

道长看着眼前一幕给了我一个建议:"施主,清城山有个秘密不为人知的远古小镇,这个古镇好像刻意的不让大家所知,但这样的地方山清水秀,非常有灵性。据我所知,镇上没有几户人家,有一个简陋客栈,你在地图和导航也看不见这个小镇。"我惊诧并好奇地问道:"小镇名字叫什么?"道长说:"锦绣古镇。"

"我收藏了一张手绘地图,赠送给你。"道长说完走进庙里拿地图。

和道长的遇见和沟通,让我有了目标,拿到手绘地图后,我们告别了道长。这时,时间已经接近黄昏,妹夫的车早已等候在清城山的山脚下,当我和小橙子下山时,夕阳西下的光辉就如清晨的日出一模一样,眼前这一幕提示我人世间的规律是准确的吗?眼前的夕阳和日出如出一辙,世界万物没有失去和得到,没有晚和早,只有觉悟和明了。

我们的车奔驰在高速公路上,而我已经想好了下一步该怎么办。因为,我需要重塑一个自己,整合自己身心,让自己恢复健康,"锦绣古镇"就是我的目标和方向,冥冥之中,我感觉这是命运的安排和召唤，我不想在一种功利现实的环境中痛苦纠结地做一个好演员，我决定"返璞归真"，回归人性的本真。

回家临睡前，我看着桌上的抗抑郁药物，犹豫了片刻，坚持不吃，但是凌晨两点时，噩梦把我惊醒，然后就无法入睡了，我从卧室走到客厅，像一个深夜的幽灵，屋里寂静得只有我的影子在晃动。

第三章

第二天，晨光熹微时，我安然醒来，这时才有了饥饿感，第一次对食物有了强烈的需求。我披散着头发，穿着睡衣，踢踏着拖鞋迅速走进厨房，在冰箱里翻找食物，发现很多食物长霉腐败了。我才发现这一个月我是如何浑浑噩噩地活着，好久没有买新鲜食物，还好速冻箱里的食物还能吃。我加热了冰箱速冻的肉包子，看着咖啡壶里热滚滚的咖啡，此刻，我才感觉到了自己的呼吸和饥渴。我拿着热乎乎的肉包子感慨万分，没有想到普通的包子都如此美味，我狠狠地咬了一口包子，满足地吞咽时，也狠狠地下了决心马上辞职，之前跳槽的念头已然消失。早餐后，我收拾完毕，在疫情后第一次返回公司，回公司只有两个目的，写辞职报告和拿回自己的物品。

当我来到公司楼下入口处时，眼前人人皆是佩戴口罩，只能看见神色匆匆的目光。我手里提着电脑和手提袋，如往常般最早来到公司，习惯地打开办公室所有灯，看着眼前的一切既熟悉又陌生，熟悉是因为我付出了十年的青春时光，为了公司开辟事业,那时的我像打了鸡血般奔波劳累不知疲倦,陌生是因为职场报复颠覆了我的美好期待,也因疫情改变了人与人之间的那些客套和热络。我打开电脑,开始写辞职书,奇怪的是,善于写作的自己脑中没有任何华丽语言。我很快写完了这封辞职信,这是被迫的辞职,当然也是我自己的选择。

很快,来上班的人陆陆续续地坐满了办公室,互相打招呼都免去了,疫情让大家真实地回归了本性,也许是戴口罩的原因交流不方便,我的"辞职书"按键发送,当"辞职书"发出后,我内心有了一种释然的愉悦感。我呆呆地坐着,大脑一片空白,不想思考,此刻,我已然解脱了,不知过了多久,我才开始收拾自己的物品,椅子上搭着一件披肩是我御寒的,十年的工作环境了,为何我没有依依不舍的心情?职场的冷漠和残酷颠覆了我曾经的多情和向往,当我清醒地认识到这一点,我只想逃之夭夭。我甚至没有和任何人告别,悄无声息地抱着自己的物品离开了这栋耸立在市中心的大楼……

回家后,我等待公司 HR 通知,需要移交工作才能完成离职手续。不过,这时候,我的内心以及精神状态是十分轻松的。

我把辞职一事用电话和微信告诉了家人和好友,他们尊重我的选择。这一天过得很快,夜幕降临时,我打开电脑登录"文学世界"进行文章管理,这个"文学世界"真是一个文字的精神世界,作者来自世界各地,覆盖了地球各个国家的华人,是文学爱好者的交流天地,人才济济,美文不断,大家喜欢我的文字,更

苏醒

感谢我付出心血把"文学世界"打理得井井有条。

我浏览阅读后,会把好文章设置为精华文章,看见年轻优秀的作者也会鼓励他们。重要的是我有了期待,"锦绣小镇"是我的目标和方向,当人有了期盼就有了动力,我的焦虑感少了,夜色阑珊时,我看着餐桌上的抗抑郁药更加排斥,我有足够的信心让自己康复,这一晚,我睡足了五个小时,感觉自己慢慢会康复。

不过,让我意料之外的是第二天就接到公司HR的邮件,因为老板建议HR请我立刻走人,我看着邮件无奈一笑,这一步步正是那个"满脸粉"女人的布局,好吧,我不和你们玩了,我走了。能快速脱离钩心斗角的环境的感觉也很好。

午后的斜阳时分,我泡了一杯红茶,拿了几块坚果巧克力安抚自己。这时,我才想起,同事林晓君一直坚持的"高原蒲公英"公益爱心活动,我答应她把不穿的衣服和鞋子邮寄给在青藏高原上的美丽的藏族女子卓玛。

此刻,我才想起给林晓君打个电话询问并要地址。

"什么?肖芮,你干吗辞职?"林晓君吃惊地问道,林晓君是江南女孩,却很大气,有几分豪迈。

"没有什么,我不想干了。"我回复。我不能在辞职后像嚼舌妇般发泄不满。

"好吧,你跟着心走吧。哦,肖芮,卓玛结婚了。"她的声音喜悦得仿佛是她的家人出嫁。

我好奇地问:"卓玛不是有两个孩子吗?难道她没有结婚吗?"

林晓君回答："都是卓玛收养的孤儿，她大学毕业后就回到了高原牧场学校做教师，她很善良，关怀着牧民和那些孩子们。"林晓君对卓玛的崇敬之心我仿佛从她的声音中深深地感受到。

结束通话后，我开始整理衣服，我知道山区的孩子最需要的是鞋子。我打开鞋柜，把冬天的几双鞋整理打包。

当我打开衣柜时，才发现自己太浪费，各种品牌的衣服有些根本没穿过，一件蓝色的羊绒大衣是欧美品牌，我脑中出现了美丽的卓玛穿这件大衣的画面，我取下这件大衣心疼了几秒钟，毕竟是几千元买的大衣，但和高原的卓玛的辛苦来说，我这点帮助什么也不是。

我快速打包好衣服，通知顺丰邮寄到青藏高原卓玛的手上。然后，我开始兴致勃勃地给自己打包行李，我要一切从简，但书不能少，一个巨大箱子装满了各种书籍，一个中号箱子装满了衣物和必需品，还有个小包放入了护肤霜，我只拿了一支口红和眉笔，但是，我的药箱子一定要带上。

最后，我在行李箱装进了香熏蜡烛和苏格兰羊绒大披肩，我要真实地展现自己的真面目融入山清水秀的大自然中。一切打理妥当，闺密张玥微信视频发了过来，我们微信视频通话时有点滑稽，两张变形的脸白嫩浮肿："肖芮，我会去古镇看你的，不过，你想清楚了吗？你就去了一次清城山，回来就决定辞职了，你不会是一时糊涂吧？"张玥的担心是正常的，如果按照我以前的思想是不会如此快速决断的，因为职场的刺激和一个月的抑郁症夜晚无法睡眠的痛苦，看着眼前的世界都是天旋地转，这样的日子如果不改变，我可能就是重度抑郁症患者，也许，面对我的就是深渊。

这一夜竟然无梦到清晨，五个小时的良好睡眠让我有了力气和精神。我喝了瓶牛奶吃几块饼干算是早餐。然后，预约了越野类型的专车。因为导航没有目的地，我特别在电话里给司机解释了，还好，司机善解人意，很快到家里来接我。

司机大叔帮我拿着一个个行李箱说道："美女，你这是长住清城山吗？"

我笑了笑："不是，是想在锦绣古镇短住一段时间。"

"啥子古镇？我听都没听说过这个名字。"司机一脸迷惘。

我们很快离开了蓉都市区，越野车奔驰向那个神秘的锦绣小镇。司机因没有去过这个远古小镇，他也充满憧憬和好奇，我们从市区到清城山很顺利，但在清城后山寻找锦绣小镇时迷路了，我才明白这个神秘的古镇确实很少有人知道，我们一路打听，穿过山谷，路过溪流，越过峰峦，询问了不少农家，才找到通往锦绣古镇的小路。这条路其实远离了清城山，在一个神秘的森林的交界点，可以望见竹林郁郁葱葱没有边界。

这条通往锦绣古镇的崎岖山路很难走，这时，我有点愧疚地对司机说："师傅，不好意思了，我给你加车费。"

"妹子，算了，我是开了眼界，才知道有个远古小镇，这个地方怎么没人知道？"司机沉浸在目的地的迷惑中。

而我却感觉冥冥之中，有股神奇的力量保护着锦绣古镇。

从我所在的都市到清城山需要两个小时，从清城山又用了四个小时后，终于，越野车来到了这个神秘的远古小镇——"锦绣古镇"。当车开到古镇的入口牌匾处时，我们才发现锦绣古镇只有一条笔直的长长的街道，司机有点担心扭头对我说："这里有酒店没有啊？你住哪里？"

"哦。这里有个小客栈，你送我进去找到客栈就行，谢谢了。"

我们在这条古香古色散发着陈旧的远古气息的街道上寻找到了一间破旧的客栈，客栈名字是"春晓"，客栈的老板倒是敦厚、亲切、胖乎乎的。我和司机道别后他开车离去，我走进了客栈，客栈的房价很便宜。

老板说："妹儿，我姓钟，你叫我钟大哥吧，没有疫情时，来古镇入住客栈的人就很少，有了疫情更没人来了，这是我祖上留下来的客栈，空着不如开着，姑娘你住二楼吧，因为干燥一些。"

钟老板帮我拉着行李箱到了二楼，我打开木门时，有股潮湿的气味扑鼻而来，我的过敏性鼻炎反应打了一个喷嚏。

钟老板离开我的房间后，我马上打开了窗户。这时，窗外的清新空气吹了进来，窗口正对着的就是茂密的竹林。房间简洁，有卫生间，我拿出香熏蜡烛想驱赶霉味，看见了一盒火柴放在桌子上，我拿出一根刺啦一声把火柴点燃，一团火焰瞬间点燃了我的橙花香熏蜡烛，这时，我听见窗外风吹竹叶沙沙的声响。我抬头望去，看着竹林的竹叶在春天的微风中婀娜摇曳，房间的橙花香熏也开始弥漫，此时，我看着雪白的床单和被子，被温馨包围，一下瘫倒在床上。

慢慢的，我在这样安静的环境里竟然快速睡着了。不知过了多久，一阵急促的手机铃声吵醒了我，当我拿起手机时，竟然是我不愿看见的电话，但说话的人不陌生，她是"一脸粉"身边的助理，她在电话里用愤愤不平的言语说："肖芮，这个女人做了一件违反公司合规的事情。"

接着，她压低声音："肖芮，总会有人收拾她的，她太恶毒了。"此刻，我不知如何回答，因为我不信任她，但我隐隐地感觉到"一脸粉"的水很深，她是一个为了权力和金钱不择手段的女人。此刻，我不想被这位助理的电话影响了心情，我淡淡地说："谢谢你的电话，我挂了，公司的一切恩怨已和我无关了。"

这时我才感觉自己已经饥肠辘辘。我走进卫生间洗了一把脸，这里的水冰凉但极其清澈，我简单地涂抹了一点润肤乳就快速下楼了。在楼梯上，我随手把披肩直发在头顶上扎了一个丸子，身着牛仔裤和黑色T恤衫就下楼了。第一眼就看着了钟老板：

"妹儿，你饿了吧？我们餐厅已经过了用餐时间，你出去右转直走有一家面馆味道很好，叫'李英面馆'，你随便吃一点吧。"

"谢谢钟老板，对了，这里有网络吗？我要用电脑。"

"哦，有，这个不能少哦，毕竟我们是现代人，只是古镇偏僻而已。"钟老板的回答让我安心了。

我放心地离开了客栈。

当我出门时,仰望天空,天空湛蓝如画,丝丝白云就像薄纱轻轻地挂在蓝天上,太阳温暖地照耀大地,古镇的青砖碧瓦和有着历史痕迹的木板屋恍如清朝时代的风格。不过,笔直的街道几乎无人,我因饥饿快速走向"李英面馆",的确,有个好看的女子倚在面馆门前对我微笑,我没有想到这样的古镇也有这样腮凝新荔、鼻腻鹅脂的古典美人儿。李英笑起来很温婉,嘴角微微上扬,目光掬着几分羞涩,

"姐姐,你今天才到这里?我没有见过你。"

"是的,你就是李英吧?"我回话。

我和她说话时双目环顾了一下面馆,这是一间小而陈旧的小面馆,倏然,一本书映入我的眼帘,书放在一张干净的小方桌上,我瞥了一眼书名——《生命不能承受之轻》,这是我最喜欢的作家米兰·昆德拉的最有影响力的作品。这本书放在这间陈旧小面馆里,让我感觉到了李英是个聪明有思想的女孩,我再细看她时,果然,她带着一种淡淡的书香气质。

"你喜欢读书?"我的目光柔和温暖地看着她问,因为我对喜欢读书的人有着天然的好感,人与人之间的所谓"气场"和身体的化学物质的扩散与心理暗示有关。

她勾唇浅笑:"是的,在这里,只有书的陪伴才让我不觉得寂寞。"

我点了碗麻辣牛肉面,看着灶台上的各种艳丽色彩的调料就垂涎欲滴了。

"姐姐，你准备住几天？"

"哦，你叫我肖芮吧，我要住一段时间。"

"哦，好的，我叫你肖芮姐，我给你煮碗青菜啊，我们山上的青菜很清甜。"

当我吃面时，很唏嘘，因为，今年第一次吃这么好吃的食物，山里的干竹笋和牛肉炖煮的香味，麻辣鲜香，我吃完面，汤也喝干净了。

"李英，我想在这里租个房子，你能帮我吗？"

她立刻回答："对了，一个画家正要出租房子，就出门左走第一间。"

"太好了，谢谢你啊。我这几天经常来你店里吃饭。"

我感谢地说道。

"好的，想吃什么我可以给你煮。"李英话音一落，我就看见一个男孩走了进来，他迟缓地走路，面孔看着像一个典型的唐氏综合征患者，他双眼直直地看着李英说："大姐，今晚吃啥子？"

李英慈爱地看着自己弟弟说："柱子，今晚烧鸡肉给你吃。"

这时，我有个感觉，李英是个有故事的女孩，这么智慧和美好的女孩不应该留在这么安静无人的地方。她只要走出去就会海阔天空，有无限的未来。我付了面钱离开了面馆。

很快，我就找到了出租房屋的这一家，走到门口时，我就决定要租这里了，因为这就是我心中想要的房子。门口就有个小花园，阳春三月的好风光，这里各种鲜花和翠绿植物环绕交叠，地上有一条石子路，青草铺散在花园的地上像垫子，葡萄架的藤蔓绿意盎然，几棵樱花树含苞待放。我看着大门敞开着，就径直走了进去，却嗅到了咖啡的香味，应该是现磨的咖啡，我走进去，眼前一位络腮胡像艺术家的男人正在煮咖啡。他看见我进来，说道："哈哈哈，我一看你就是来租房子的，我因为要出国，几年不能回来。"

"我自我介绍一下，我叫方华，画家。"

"哦，我叫肖芮，现在是无业游民。"

方华伸出大手和我握手，我接着说道：

"疫情时期，你能出去吗？"

"比较困难，机票昂贵，需要隔离，但事业发展机会很难得。"

"美女，房租你随便给吧，我希望有人照看我的房子，因为有花草植物。"

"肖小姐，你来，跟我到阳台看看。"他说道。

我还纳闷："这不就是一楼吗？怎么还有阳台。"

当我跟着他走出客厅的玻璃门时，看见一个巨大伸出屋外很远的露天阳台时，我恍然大悟，原来，楼下还有一层，楼下就是溪流和河边，我低头看着潺潺流水和雪白的浪花，感觉到了清凉，阳台下的溪流对面就是峰峦叠翠的森林。

我高兴地大叫："你这是陶渊明的桃花源啊，别有洞天，艺术家真厉害。"

眼前的画面迷住了我，我的目光随着溪流向前时，是一个横

跨溪流的石头桥,而桥通向哪里?我迷惑地问画家:"石桥过去就是大山吗?"

"聪明的美女,是的,有个森林,因成片的竹林有熊猫出没,据说还有狗熊,不过,我住了几年,看见过熊猫的影子,狗熊没有看见过。"画家方华幽默地说着。

我内心感慨来对了地方。"你可以过几天就住我这里了,我很快离开。对了,这里还有个烤箱,如果你会烘焙,你会过上都市生活,所有的食物材料留给你了。"

方华的大方让我很感激,是的,我喜欢烘焙和一切有趣的事物。

第四章

离开画家方华的房子后,我返回客栈的路上思考着这个"锦绣古镇"是我意料之外的神奇和有趣。

很快回到了客栈,我对钟老板说:"我的窗户是对着山里的竹林吗?"

"是啊,也许,你会看见熊猫,不过,没有动物骚扰你,动物都在森林里面,你安心睡觉吧。热水瓶给你装满了水。对了,我有山上的好绿茶给你放在房间了。"

时间很快就到了晚上,这一天是辛苦的,又是美好的,我想着几天后就能住进方华的房子,心里就美滋滋的。这时,倦意袭来,我站在窗前,看着眼前黑黢黢的竹林,贪婪地呼吸着从竹林里散发出的竹子特有的清香,山里的远古小镇到了夜晚,完全是黑乎乎的一片,只有天上的星空给了夜幕丝丝光亮,我似乎看见了竹子在晚风中颤动,此刻,世界进入了寂静,头脑和心里也放空了,我不知在窗前站立多长时间,桌上的那盒抗抑郁药物"帕罗西汀"仍然没有开封。

最后，我洗了一个热水澡，快速进入了睡眠。

"咚咚咚"的敲门声唤醒了我，我双眼蒙眬地打开手机才知道时间已是第二天早上九点，我足足睡了十个小时。

"肖小姐，起来吃早餐了，今早我特意为你做的玉米粑粑和热豆浆。"是钟老板敲门叫我去吃早餐。

"好的，谢谢，我马上下来。"我用感激的声音回复钟老板。

稍后，我起床进了卫生间梳洗一番，用了护肤霜，其他化妆全部免去了，我已是无工作状态，既然融入了大自然和古朴小镇，就让自己身心恢复自然，先忘记自己的容貌吧。

最后，我给自己扎了一个丸子头，我的发型永远是简单的披肩直发和丸子头，但丸子头能让我年轻十岁，也许我的娃娃脸和古典美是不会显老的脸型，锦绣古镇被群山环绕，温度比城市低了很多度，早晚有点冷，我穿了一件卡其色的短风衣下楼。

朴实的餐厅只有我一人用餐，看来钟老板一家人已经用过早餐。

"早上好，钟大哥。"我说话时眼睛看着餐桌，金黄色的玉米粑粑很诱人，新鲜豆浆的香味四溢，还有一碟诱人的小咸菜，良好的睡眠和健康的食物，昨天，所有的舟车劳顿的辛苦消失了。

我微笑着，安静地坐下来，眯着眼睛，喝着热乎乎的豆浆，咬了一口玉米粑粑。

"好香啊，钟大哥，这些是你自己做的？"

"是的哟，妹儿，这些都是这个古镇的特色小吃，每家每户都会做。"

我抬头看着钟老板问:"这个小镇有什么特别的故事和文化吗?"

"妹儿,我们这个古镇其实是非常有传统文化的古镇,应该从古代,我想想,从春秋战国起源,我们这里是蜀锦发源地。"钟老板深陷回忆并且自傲地说着。

"什么是蜀锦?我只知道蜀绣?"我迷惘地问道。

"肖妹儿,你一会儿去李婆婆家看看,她是唯一的蜀锦传人,不过,她的脾气和性格很孤僻,不喜欢说话。"

"她的家在街道上吗?"

"是的,不过,她的家要走出这条古镇街道很远,你要走过田野才能到,道路好走……"钟老板仔细描述了去李婆婆家的路。

我吃完最后一个玉米粑粑,咕咚一声,一口气喝完了杯子里的新鲜豆浆,站起来说道:"我现在就去。"

我就是这样的人,想到什么就行动,也许是我写小说养成的习惯,喜欢收集故事,特别喜欢猎奇。不过,我知道,当我来到锦绣古镇,就没人知道我是抑郁症患者,因为,才来了两天我就感觉到那些悲愤和抑郁的情绪正在慢慢远离我,环境太重要了。

我斜挎着小包,有点嬉皮士的模样,大步快走,去寻找李婆婆的家。因对这条街道不熟悉,我一路走一路看着每户人家,特别走到"李英面馆"时,我故意停下脚步,走了进去,想和这个美丽的女孩聊聊。这时,我才看见面馆有一个客人,不过当我看

苏醒

见这个客人的容貌时内心发怵,更多的是担心,也许是我的职业习惯,他的面容酷似一种罕见病,脸部宽大,手脚巨大,此病的主要特征是体内产生过量生长激素,导致全身软组织、骨头和软骨过度增长,患者外形与常人不同,头颅增大、脸部变长,颧骨突出,耳鼻增大,如果是因为我的职业习惯为一个患者担心,让我更在意的是他的眼睛里透露着的凶光和杀气,他的一条大黄狗哼哼哧哧地蹲在他的身边,李英也小心翼翼地端着面过来低声道:"三哥,你的面好了。"他睨视了一眼李英,端过大碗面条大吃起来。

这时,我对李英说:"今早我在客栈吃的早餐,午饭过来吃面条,对了,给我煮点昨天的青菜。"

"好的,肖芮姐。"李英开心回答。

突然间,"汪汪汪"大黄狗对着我凶悍地狂吠着。我从小就怕狗,后退了几步。这个男人对着大黄狗狠踹了一脚说道:"给我老实点。"我的目光跟着他的大脚踹到这条黄色的土狗的肚子上时,我才知道这是条已经怀孕的狗,瞬间,我内心对这个男人的凶狠和残忍泛起了厌恶,但是,狗的忠诚和奴性此时表现得淋漓尽致,它依然守护着男人,耷拉着耳朵卧在地上,不过,它的眼睛倒和它的主人一样露着凶光看着我。

此刻,我的表情一定很怪异复杂,这样的氛围让我很不自在。我赶快离开了面馆,此时,正是早上十点,太阳高高挂在湛蓝的天空上,我走上了去往李婆婆家的路。

因为阳光肆意地照耀，我舒服地感受着阳光温暖的抚摸，忘记了刚才面馆那一幕的不愉快。不过，出于职业习惯，我琢磨着应该和那个面目可憎的男人好意提示一下，建议他去省城三甲医院看病，我清楚地知道这个罕见病会致死的。

山里的春风和都市不同，这里的风带着竹林里的竹笋味道和山里的植物清香，我走路时刻意在路边寻找着蘑菇，每当我走到山间小径就会寻找蘑菇，也许，采蘑菇是我小时的印象最深刻的活动，像烙印一样刻在了我的记忆中。

遗憾的是这条路上并没有蘑菇，走了十五分钟我找到了李婆婆家，我按照钟老板的描述，找到了一个古老的四合院房子，大门紧闭着，我敲门无人应答，我尝试用手推，"嘎吱"一声门竟然开了，我的眼前宽阔起来，这是一个很大的四合院，因为年代太久，破旧斑驳，我听见了一种木头相互撞击的声音，顺着声音找到了李婆婆，我看见了一个巨大的木质织布机，李婆婆正和一个眉目清秀的男孩一起在织机旁忙碌，他们严谨、一丝不苟地工作着，李婆婆头发灰白，盘成发髻，衣着朴素，沧桑的面孔刻着年轮和岁月的痕迹，但依然保持了几分清秀，这时，我不好意思打扰工作中的他们，自己静悄悄在四周走走看看，我看见了一幅幅美丽的蚕丝画挂在陈旧的木板墙上，《熊猫戏竹》和各种花朵的大小蜀锦画。当我看见一件有点年代的蜀锦女裙时，停下了脚步，这条裙子一定有点历史，主要是颜色更吸引我，这是一种古典的青色，显然这条裙子已经过了很多个年头，色彩明显褪去，但完整的裙子保护得很好，样式是明清时期的仕女裙。我情不自禁地想用手去抚摸这条特别的裙子，突然间，传来一声："不要动！"骇得我抽回了手。

这是李婆婆的声音，此刻，她已经走到我身边，男孩也紧跟着她走了过来。她面无表情地对我说："姑娘，你在干什么？"

"我？哦，李婆婆，我是慕名而来的，我想看看蜀锦。"

"这个弟弟是你的孙子？"我看着男孩问她。

李婆婆依然面无表情道："他是我的养子李承，是聋哑人。"

我看着这个可爱、干净、面目清秀的男孩浅笑地望着我，顿时，内心泛起丝丝怜惜，李婆婆说："你跟我到堂屋喝杯茶吧。"说完，她看着儿子用手比画着什么。

当我跟着李婆婆走进堂屋时，李承端来了两个茶杯和一壶茶水。

她说道："请坐。"

一张老式八仙桌，有四条长凳围着四方，我找了个位置坐了下来，她的儿子默默离开。

这时，李婆婆用犀利的目光看着我说："你怎么知道这个古镇的？"

我说："这是清城山的道士告诉我的。因为我的身体患病，想来养病康复的。"

这时，李婆婆紧绷着的脸慢慢展开了，我才发现她是慈眉善目的老人，年轻时应该是秀丽女子。

"李婆婆,你织蜀锦多少年了?"我傻傻地问。

"我织了一辈子蜀锦,不过,这大蜀锦织机是从隋朝留下到现在的,也有上千年了。"

我惊诧得眼睛睁圆了,半张着嘴:"什么?上千年的机器留到现在。"

她点点头继续说:"有人来找我学习,来过几个徒弟,学会就跑了,她们离开后自己创业销售蜀锦。"

我接着问:"你为什么自己不到蓉都创业?"

"姑娘,现在都是电动机器了,谁还用木织机啊。"

"有人邀请我去做师傅,我拒绝了。"

她用深情沧桑的声音说完,沉默片刻,看着我又道:"我离不开你刚才看见的那部织机啊。"

接着,她喝了一口茶说:"来,跟我去织机房看看。"

我跟着李婆婆又回到了织机房。她带着我走向庞大的木制织机。我仰头看着这个织机从上到下是一股股的蚕丝线,好奇地问道:"李婆婆,这些丝线就这样摆着织布吗?"她回答:"有几个工序,一个人不能完成,需要分工合作。"

她这样一说,我想起了团队合作精神,我又接着问:"蜀绣和蜀锦不是一样的吗?"

李婆婆微微一笑,也许我的无知让她很无奈,她说:"蜀绣是用绷子和针绣完成的,而蜀锦是织机完成的。"

"这些技术是怎样传承下来的?"我继续追问。

"姑娘,你知道这个古镇多少年了吗?知道为什么叫作锦绣古镇吗?"

我惘然地摇头。

她继续说:"这是蜀锦的发源地啊,蜀锦从春秋战国就有了。"

她用手抚摸织机说道:"这部织机是从隋朝传下来的。"

"蜀锦没有文字记录,是用经验传承下来的。"

"姑娘,我怕失传啊。我守着这台古老的机器。"

"有些商人会定期来购买我的蜀锦。"

"因产量小,只够我们生活,但我很知足了。"

李婆婆一口气说完,她释然地看着我陷入了沉默。

而我的魂魄跟着李婆婆的描述走了很远……

时间很快就要中午了,李承在准备午饭,李婆婆邀请我留下吃午饭,但我还是决定在李英面馆吃牛肉面。

我心里惦记着李英面馆那一幕,那个可憎的男人的情况我需要了解清楚。正午时分,我又回到了李英面馆,早上还晴朗的天空,此时竟乌云密布。

第五章

让我料想不及的是,午饭时间"李英面馆"竟然只有我一个食客。李英看见我来了特别开心,她用甜美的声音说:"肖芮姐,我午饭烧了新鲜竹笋。"我眼角微挑,吃货般地看着灶台的那锅诱人的新鲜竹笋炖猪肉,顿时,肚子咕咕叫了起来。

李英是我目前看见的小镇的唯一美女,而且绝对是标准大美女,她有一种温婉的善良来自内心和眼眸,一张古典美的脸,我笑着说:"我想吃米饭了。"

"肖芮姐,我做了米饭和酸菜苦笋汤,现在是春笋季节,多吃竹笋。"

李英一边说着一边盛饭端菜,这时,我内心无比温暖,在这个陌生的地方,能遇到一位暖心美丽的女孩,是我的幸运。

我和李英一起享受着她烹饪的美味家常饭,暖心和舒适,不过,我心里却有很多疑惑想问她。

我用筷子夹起一块竹笋放在嘴里咀嚼着,竹笋真是春天的美味。

李英含笑的眸子看着我说:"肖芮姐,好吃吗?"

我使劲点头,接着问她:"你怎么不出去,离开古镇发展?"

话音一落,我就看见了李英美丽的双眸立刻蒙上了一层灰暗和伤感,她沉默了片刻自言自语般说道:

"姐姐,我今年二十岁了,读完高中了,爸爸死得早,妈妈得了结肠癌,弟弟柱子你看见了,先天弱智,我家里只有我一个人健康健全,我要照顾妈妈和弟弟。"

顿时,我内心涌起一种对她的怜惜,眼前的李英是被现实困在这里的人,她的学业、她的工作和婚恋怎么办?包括她的美丽都会被残酷的现实消耗殆尽。

"肖芮姐,来喝苦笋汤。"她给我盛了一碗汤。

我喝下了汤,一种苦涩和清香伴随我对李英的痛惜吞咽了下去,说不出的五味杂陈。

李英接着说:"肖芮姐,你一看就是见过大世面,你是来短住吗?你的工作怎么办?"她担忧道。

我微微一笑:"我没有工作了,有些积蓄,身体不好,需要安静疗愈。"

"哦,姐姐也是受伤之人。"李英恍然大悟道。

"对了,李英,早上那个吃面的男人是谁?"

"肖芮姐,他是苟三娃,一个奇怪的人,古镇人都怕他,有人说他打猎贩卖动物皮,我也不知道是什么动物。"李英道。

"我觉得他得了一种可能致命的罕见病,他需要去看病。"我负责任地说道。

李英一头雾水道:"你怎么看出来的?"

"职业经验和我的责任感。"说完,我喝完了苦笋汤。

"李英,我和画家方华说好了,他的房子租给我,租金很便宜。"

"是吗?太好了。"李英高兴时瞳仁闪烁着光,她用欣喜的目光看着我。

我和她交谈甚欢。突然,天气大变,瞬间,咫咫雷鸣,闪电划过乌云密布的天空,稀稀拉拉的小雨瞬间变成倾盆大雨。

李英看着雨帘说:"山区就是这样的天气,说变就变,不过,明天早上一定有蘑菇了。"

说到蘑菇我高兴了,我和李英约好第二天清晨捡蘑菇。我给李英付午饭钱她不要,我想李英需要一个朋友,而我也需要一个朋友。

我拿着李英的雨伞在狂风暴雨中回到了客栈。

"妹子,外面很大的雨,来喝杯热茶。"钟老板一看见我就热情地说道。

"谢谢大哥,不用了,不小心淋湿了衣服,我回房间了。"我说完就上楼了。

回到房间,我看见打开的窗户飘进了雨,赶紧关窗。片刻后,我更换好宽大的布裙睡衣,这时,这个世界仿佛只有外面的滂沱的雨声。我瞥见桌上的抗抑郁药,伸手把药盒放进了行李箱。来到锦绣古镇短短两天,我深感自己内心世界和情绪的变化，我自信能恢复正常。

这时，我才想到需要打开电脑，进入我管理的"文学世界"履行我的职责，管理文章。不过，竟然忘记了Wi-Fi密码，我穿了一件外套，在二楼楼梯口对一楼大声说：

"钟老板，这里的Wi-Fi密码是多少？"

"八个六，我希望顺顺利利。"

钟老板的简短回答让我感觉很舒服，是啊，疫情当下，最重要的是平安和顺利。

我看见钟老板送我的山顶新鲜绿茶放在一个小瓶子里，我拿起来，拧开盖子，闻着清香的绿茶，点燃了我想喝咖啡和茶的欲望。想到还有几天可以住进画家方华的房子，内心就荡起一片涟漪，我心里期待着这个房子能给我很多美好和意想不到的收获。

电脑网络连接很慢，但也连接上了，我第一时间登录"文学世界"。

因为多日没有登录，很多文章没有打理，我需要时间慢慢阅读和梳理。窗外，大雨已经变成了稀稀拉拉的小雨。我起身打开了窗户，眼前，被大雨洗刷过的竹林生机盎然，翠绿新鲜，新鲜的竹林和植物味道扑鼻而来。我把双臂伸出窗外，冰凉的雨水落在我裸露的胳膊上，我感觉自己和大自然贴近了，时间仿佛静止了。这时，"铛！"电脑邮箱的邮件提醒声打断了我的状态，我又坐回电脑旁，刻意查看了我的邮箱，我希望实体书出版有希望，不过，我仍然失望了。我给很多出版社投稿，有些回复了，有些杳无音信，但结果都是退稿。我这个网络作家，有一定影响力，但出版纸质书难上加难。

我为了不沉浸在被退稿的失落中，煮了一壶开水泡茶喝，这时，窗外的雨逐渐变小，貌似要停了。

午后的时间好像过得很快，我一边喝茶一边阅读"文学世界"的文章，内心感慨这些优秀的作者的妙笔生花。突然间，我发现了一篇优美伤感的散文。我认真读了起来，文字极其优美，但忧伤凄美，倏然间我对作者产生了好奇心，应该是作者的优美文笔吸引了我。这时，我才知道作者是罗希，阅读文字内容后才知道罗希在国外。我猜想他的年龄应该和我差不多，我立刻对罗希加了关注，希望能看见他发表的每一篇优美文章。

这时，我停止了敲击键盘，茶的清香味飘逸着让我停下了工作，我的注意力转移，端起茶杯喝了一口热滚滚的茶，想让自己的思绪放松一下，片刻后，我又登录"文学世界"给罗希留言。

"你好，罗希先生，你的散文极其优美和古典，我已经把文章纳入了精品，欢迎你加入'文学世界'。不过，为何你的所有文章都是淡淡的乡愁和忧郁的伤感？"罗希没有立刻回复我的留言，我认为是国家不同时间差的原因，不过，我的内心有了期盼，希望罗希能回复我的留言。

接下来，我继续阅读其他读者的文章。我看见了给我的文章留言的笔友韩立明教授，他在美国著名的医学研究院，是一名医学教授和科学家，博士毕业后早年去了美国，他的文章充满了怀念祖国和家乡的乡愁，因为我们的工作领域接近，一直都在交流。他具有中年成熟男人的宽厚和魅力，知识渊博，我经常和他开着玩笑："教授，回到祖国研究你的课题吧。"

我回复韩立明教授的留言后，就结束了我的"文学世界"管理员工作。

当我关上电脑时，一种无事一身轻的感觉让我身心放松。这时，我转头望向窗外，蓦然间惊喜写在了我的脸上，因为，一道色彩斑斓的雨后彩虹跃然跨在天空上，彩虹带给我一种梦幻般重生的感觉。我赶紧走向窗口，伫立在窗前，雨后的竹林清新、翠绿，竹叶上的水珠晶莹剔透，微微的风吹动着竹叶颤动。此刻，我手拿茶杯，轻轻抿着清茶，内心涌起一种美好的感动。

这一天，我在满满收获中度过，夜晚的寂静让我早早入眠。

当我睁开眼睛时，已是早上七点，充足良好的睡眠让我脸色红润，我在想着李英应该已经过来时，李英的声音就在门口说着："肖芮姐，我来了。"

我穿着睡裙给李英开门道：

"快进来，我收拾一下穿上衣服，一起下去吃点早餐。"

"肖芮姐，我今天特意关店半天，我想带你走进森林看看。"

我微笑起来，感激地对她说："太好了，不过，影响你的生意不好。"

"没事，就半天。"

我和李英到一楼吃早餐时，细心的钟老板已经摆好了早餐。

是叶儿粑和白粥，还有我喜欢的咸鸭蛋。我高兴地说："都是我的最爱。"

"咸鸭蛋是我自己腌制的，熟透了，蛋黄流油。"

钟老板正说着，我已经急不可待地开动了。李英也觉得钟老板的烹调手艺很好。

"钟大哥，我都舍不得离开客栈了，我租了画家方华的房子。过几天就搬过去了。"我说完，钟老板就哈哈大笑道："肖妹儿，随时过来蹭饭，欢迎啊。"

我的眼前是朴实善良的古镇居民，他们的热情和简朴充满浓浓的人情味，让我之前沉入冰凉湖底的心慢慢浮起，慢慢温暖。

我看着李英和钟老板："到时，我请你们过来吃饭，我的烹饪手艺不错哦。"

随后，钟老板给我找了一个捡蘑菇的篮子，李英自己带了一个大篮子，李英说："我们捡完蘑菇就回我的店，我给你做蘑菇吃，钟大哥你也一起啊。"

我和李英就像我小时那样，手提篮子捡蘑菇，我对环境和地形不明，有点云里雾里的感觉，李英做向导。我来到锦绣古镇几天了，第一次走进竹林，走向森林，竹林因昨天的大雨湿漉漉的，但非常清新，空气里满是植物的味道。

"肖芮姐，你看这些都是长出的竹笋。"李英有经验地介绍着。

"难怪，你的竹笋和苦笋汤都好吃，和新鲜有关？"

"当然了，肖芮姐，你太缺乏大自然常识了。"

我们笑着聊着穿过了大片竹林，走向森林的边缘，因为蘑菇就在森林的任意角落。

"肖芮姐，我们不能走远了，听说有狗熊。"

"李英，不是还有熊猫吗？"

"是的，熊猫是珍稀动物，不容易出现。"

"肖芮姐，森林很大，尽头是悬崖，我们不能往深处走，传说有狗熊啊。"李英很有经验地告诉我。

对捡蘑菇有经验的我开始环顾大树的周围，轻易都能看见不少蘑菇。

"肖芮姐，颜色漂亮的蘑菇是有毒的，不要捡啊。"

不知为何，突然间，我想起了"一脸粉"。脸色的不愉快让李英立刻发现，她温柔地说："我知道，你一定受了打击，遇到高人指点，你才来我们这里的。很多人并不知道锦绣古镇。"

我看着李英聪慧的逻辑判断，心里想："这么美丽聪明的女孩应该去大城市发展。"

"哎呀，这里有一群蘑菇。"

随着李英激动的尖叫，我看见了一片肉嘟嘟的牛肝菌在带着水的落叶下隐藏得很好。

"李英，我喜欢辣椒炒牛肝菌。"

我像吃货般流着口水对李英表示道。

我们忙得不亦乐乎，很快，收获了两大篮蘑菇。

这时，感觉有点累，我们才想到可以歇歇了，分别找了木桩坐了下来，平静一下收获的喜悦。

片刻时间，我的眼前有一个影子晃了一下，我以为是幻觉，没有在意，还使劲闭上眼睛又睁开。

"哎呀，肖芮姐，你看，有只大熊猫在看着我们。"李英却清楚地看见眼前是一只大熊猫。

当我定睛朝李英手指的方向仔细看时，果然，一只黑白分明身上裹着泥的大熊猫四肢着地，目光看向我们，模样憨厚可爱。

我激动又害怕问李英："它会咬我们吗？"

"你不要招惹它，就不会伤害我们。"

李英也呆呆地站立着，这时，我看见圆头圆脑的大熊猫注视着我们也在紧张状态，虽然我高度近视，不能非常清楚看见它的眼睛，但我能感受它的目光是友好的。不知为何，我想起了家里窗外的白鹭，此时，我的内心有种隐痛，就像白鹭撞击玻璃那一刻，好像大熊猫的目光包含着恐惧和哀伤。骤然间，我的心脏紧缩，有一种疼痛感，和白鹭传递给我的感应相似。此刻，我的目光有无限的悲悯看着眼前的国家一级保护动物。

"我在这里出生长大，从来也没有看见过熊猫，因为有人猎杀它们，几乎都跑进森林了，这是第一次啊。"李英愤愤地说着。

这时，这只大熊猫摇头摆尾地扬长而去。我和李英呆呆地站立不知所措，看着熊猫消失在森林中。

刚才的内心感触不知为何让我想起那个可怖的苟三娃。

"李英，我觉得苟三娃有病，我们应该建议他去省城三甲医院看病。"我说道。

"肖芮姐,你是好心人,苟三娃那个凶样大家都怕他。"

李英担心地回答我的话。

第六章

这时，我看着两篮子新鲜蘑菇，对李英说：

"我们送一些给李婆婆，先去她家好吗？"

李英高兴同意。

我们从森林一路返回古镇只需要三十分钟，我们到李婆婆家又需要十分钟，这时，已经到了午饭时间。

我和李英走进李婆婆家的四合院时，她和养子李承依然在织房中忙碌，嘎答嘎答织机的声响振荡着残旧的大屋。我走向李婆婆，她看见我时手才停止了操作。

"李婆婆，我给你送蘑菇来了。"我大声说道。

"哦，谢谢姑娘了。"

李婆婆说："都是午饭时间了，李承之前已经做好了午饭，腊肉和青菜，你们留下吃午饭吧。"

我和李英看见李婆婆的热情也欣然接受。这个午饭，让我品尝到山里的腊肉特殊的香味。

午饭后，李婆婆请我和李英到她的一间蜀锦展示屋参观，因为我第一次进入这个展示屋，发现这里的蜀锦织画很多，每一幅蜀锦织画都精致华丽，我忍不住用手抚摸，当我看见《熊猫戏竹》这幅画时问李婆婆："李婆婆，织房也有《熊猫戏竹》啊？织得惟妙惟肖。"

"锦绣古镇就是以熊猫闻名啊，有人预订这幅画，你喜欢我就送给你。"

当我拿着这幅蜀锦画时，我和李英面面相觑，我们都不敢说捡蘑菇看见熊猫这件事。

这时，我眼前的一幅有文字的蜀锦织画吸引了我的目光，因为，我看见一首熟悉的唐诗字迹娟秀地织在画中。我看着李婆婆："唐诗宋词也能织在蜀锦上？"

李婆婆说："我文化不高，但识字，上过学堂的人都知道杜甫的诗歌，而我们蜀绣艺人能脱口而出的就是这首《春夜喜雨》：

  好雨知时节，当春乃发生。
  随风潜入夜，润物细无声。
  野径云俱黑，江船火独明。
  晓看红湿处，花重锦官城。

我和李英安静地听着李婆婆用浓重的地方方言读这首诗歌，没有觉得别扭，而是一种深深的感动，几千年的蜀锦手工艺术的传承如信仰般需要守护和追随。

李婆婆接着说:"三国时期的蜀汉在蓉城设置锦官城,桑蚕是蜀国的特色,蜀锦技术是蜀国的瑰宝啊。"

　　我没有想到沉默严谨的李婆婆突然打开了话匣子,滔滔不绝地讲述着蜀锦的历史。

　　李婆婆继续问道:"有个成语叫作错综复杂你晓得吗?"我点头表示知道。

　　她用方言继续说道:"很多古代成语来自蜀锦,还有锦上添花、一丝不苟、丝丝入扣……这些都和蜀锦有关。"

　　李婆婆说完,深深地调整了一下呼吸,她意味深长的目光注视着我们说:"肖姑娘,李承是聋哑人,蜀锦是没有文字传承的,需要口述和经验,我希望有悟性的人能帮助我们宣传蜀锦。"

　　此刻,我明白了李婆婆的用心良苦。

　　我和李英用崇敬的目光看着年迈的李婆婆。李英自言自语:

　　"真惭愧啊,我在这里出生长大,也没有好好学习和理解蜀锦的精髓。"

　　最后,我手里拿着《熊猫戏竹》蜀锦画,仿若是沉甸甸的礼物,我们离开这里,我的心里却装满了一个美丽的历史故事……

　　当我和李英返回她的面馆时,已经是午后了,为了不打扰李英操持面馆生意,我带着一部分蘑菇和蜀锦画回到了客栈。

　　钟老板对客栈不离不弃随时都在,我笑着说:"钟大哥,蘑菇大丰收,今晚你看我的手艺,辣椒炒蘑菇,嫂子和孩子一起啊。"

　　"好嘞,肖妹儿,其他配菜我准备。"

我把装蘑菇的篮子交给钟老板就上楼了。

午后，斜阳时分，暖意融融，我洗澡更衣，看着窗外风吹竹动的竹林无限感慨，万物有灵，我和李英心照不宣地把遇见熊猫一事当成了我们的秘密，担心没人相信，更担心那些猎杀熊猫的坏人闻风而来。

窗外植物特有的清香随着春风飘进房间，我突然有点昏昏欲睡。很久没有午休习惯，在这个奇特的"锦绣古镇"，这些大自然的万物和偶遇，让我身心放松毫无欲念，此刻，只想好好睡一觉。

时间过得很快，我在无梦的酣睡中，被手机铃声吵醒。

"肖小姐，明天入住我的房子吧，我要提前离开。"画家方华要提前离开这里，意味着我要提前入住他的房子，我高兴坏了。

"太好了，方老师，我晚上过来给你租金。"我说道。

"好啊，我泡好茶等你。"方华回答。

这时我发现时间已是下午五点，我才想起今晚我要做炒蘑菇，我匆匆换了衣服，扎了一个马尾辫就下楼了。

"肖妹儿，蘑菇我已经洗干净，辣椒切好了。"

"钟大哥，麻烦帮我准备一些大蒜。"

辣椒炒蘑菇是我记忆中小时的美味，物资匮乏的年代，蘑菇可以充当肉吃，其实比肉更好吃，母亲会把蘑菇用水煮过，用大蒜和辣椒爆炒，每次，我能吃两碗米饭。

我在客栈的厨房里，烟熏火燎地炒蘑菇，一会儿时间，一盘

鲜香美味的蘑菇出锅了。

我和客栈老板一家人享用了这个特别的晚餐,我内心惦记着到方华家办理租房手续和拿钥匙,对钟老板说:

"钟大哥,明天我就搬家了,感谢你们的照顾,住在这里我很温暖。"我感激地看着钟老板说出了这句话。

"肖妹儿,客气啥?明天我帮你搬家,就几个箱子,我看你也没带什么东西。"

慢慢地,夜幕降临了,客栈的灯光却温暖地照射着这一桌吃饭的人,浓浓的人情味,辣椒炒蘑菇的香味恍惚把我带入了童年,那个小平房的童年,家家户户可以互换美食,眼前的一幕带着我进入了短暂的回忆。

晚饭后,我在月光的笼罩下,手里拿着李婆婆送给我的蜀锦画《熊猫戏竹》,走在锦绣古镇这条街上,走向画家方华的房屋,没有路灯的街道并不黑暗,夜空的繁星和皎洁的月亮,街道两边的灯火人家宛如一幅人世间最美的画面。

很快我就到了,这次我走到方华的花园小院子时心情格外不同,因为,这些都会暂时属于我了,明天我就能搬进来入住,当我推开房门时,看见的不只是方华,还有个女人。

我有点尴尬,觉得自己来得不是时候,方华立刻说道:"肖美女,给你介绍一位这个古镇的神秘人物——虞洋。"

方华的话让我放下心来,我端详着虞洋,而她目光如鹰般犀利,好像能看透我。虞洋算不上漂亮,非常平凡的面容,瘦瘦的体形,却有一种狐媚气,头发很短像男孩,下巴很尖,眼睛细长飘着不屑一顾的神情,她坐在一张单人大沙发上,长长的麻布裤子覆盖了脚,性感的T恤暴露出了半个胸部,很另类的大耳环夸张又特别,她用很细小的声音说道:

"哎哟,肖美女哦,大画家的房子我想租都不给我,和你见一面就租给你了,看来大画家的审美特别,哈哈哈。"

虞洋的纤细声音到最后的豪放大笑很不协调,不过,我大方地回答她:"因为我喜欢植物,他想让我看看他的花草。"

这时,方华端来茶具,说道:"我煮了白茶,放了陈皮和红枣,养生啊,你们女人多喝点。"

当虞洋伸手端茶时,我看见她的指甲涂抹的是蓝色,深蓝色,我心里有了一种女巫的形象,也许,虞洋是一种独特的女人,给了我异样感觉。

"我去厨房准备洗一些水果来,你们先喝茶。"方华说着走向厨房。

这时,虞洋用一种充满荷尔蒙的目光狐媚地对我说:"这个古镇唯一的我的菜就要走了,真无趣。"

我反问:"哦,你喜欢方华?"

她蹙眉道:"我不喜欢说爱啊、喜欢之类的,男人对我来说就是一盘菜,我饿了就想吃,不过,我有选择。"

她悄声说:"你看方华的络腮胡多男人啊,艺术家气质,是我的菜,时间久了,你也会动心。"

"不过,他拒绝和我亲密,他有艺术家的清高。"虞洋话音刚落,方华端着果盘来了。

"肖芮,虞洋曾经是蓉城电台的节目主持人哦,曾经的大红人。"方华放下水果盘说道。

"嘻,提过去干吗,人生就是转瞬即逝,曾经的辉煌不堪回首。"

这时,我隐隐觉得虞洋可能遭遇过打击,看破红尘选择来隐居的。

"肖芮,你别对我有神秘感,我就是厌烦城市和爱情,才来的,来到这里很多年了,不过,我经常开车去清城山景区酒吧喝酒。"

"我喜欢喝酒,你喝酒吗?"虞洋伸着脖子问我,我赶紧摇头。

"肖美女,你活得太清醒了会生病。"

我看着方华道:"我们把合同签了,房租支付给你吧。"

"对了,我有东西转送给你。"我看着方华道。

我打开拎着的袋子,小心地拿出蜀锦画《熊猫戏竹》。

"请你带到国外,帮李婆婆宣传。"

"哈哈哈哈。"虞洋大笑起来,我不可思议地看着她。

"哎哟,肖美女真有责任心,你也不看看市场上真假蜀锦满天下。"

这时,我用凝重和严肃的表情看着方华说:"拜托你了!"

"你是艺术家，又是出国发展，请让世界知道和了解蜀锦。"

方华看着我坚定的目标和神情，深深地点头："好的，一定，礼物我收下，任务也背了。"

"不过，小肖你和我去一楼看看，我不放心，如果你不锁好门，野生动物进来别怪我。"方华一脸严肃。

"哎哟，大画家，别吓人了，我也和你们下楼看看。"虞洋也凑热闹说道。

我们三个前后从一个长长的有点陡的楼梯下到了底层。

"没有想到，这栋房子是两层，底楼竟然就在溪流边，太神奇了。"我好奇地说着。

我们很快到了一楼。

"我租下这个房子时很破旧，我花了不少钱重新修建的，我需要给自己打造一个世外桃源。"方华道。

"呵呵，我真幸运，接手这栋世外桃源。我喜欢极了。"我满脸欣喜和感激地看着方华。

他走到门前说："这是唯一通道的门，打开出去就是溪流，溪流对面是森林，前面是石桥，记住，白天晚上都锁好这道门，小心狗熊和熊猫进来。"

方华认真严肃地叮嘱我。

"什么？森林有狗熊和熊猫？它们会来到古镇吗？"我好奇和惊讶地问道。

方华看着我笑着说:"难说动物会不会出现,小心为好。"此刻,虞洋就像个多余的人看着我们对话。

在我离开方华家时,和虞洋互相加了微信。

能够在这个古镇遇见的人都是缘分,尽管我和虞洋没有相同磁场,我也不喜欢她。

第七章

第二天,我睡醒之后,目光瞥向窗外,已然是晨光熹微之时,内心有一种开始新生活的美好期待,让我的身体充满了能量。浑身充满力量的起床真好。这时,吃早餐的欲望强烈,我不修边幅地下楼用早餐,客栈早餐做得非常家常和可口,热情善良的钟老板早已等候着帮我搬家了。

"肖妹儿,今早给你蒸了豆浆馍馍,以后你想吃就来吃,大哥请客。"钟老板的憨厚、质朴令我安心温暖。

过了一会儿,李英踏着清晨的露水也来了。

"肖芮姐,你几点搬过去啊?"李英像新鲜竹笋般带着清晨的新鲜空气和青春的朝气笑眯眯道。

"李英,你不开店了?"我担忧道。

"你的搬家重要,今早我不开店了。"

他们像家人一样帮助和照顾着我。

只有几个行李箱,三个人浩浩荡荡地推着,拉着,拎着,就到了方华的世外桃源住所。

"哎哟，这里比客栈好多了。"钟老板羡慕道。

这时，方华已经离开房屋，应该在去机场的路上了。

只听见拉杆箱的滑轮"咯噔咯噔"的刺耳声音，我的所有物件就到了我的新家，我感激地看着他们：

"我休整几天，做家宴请古镇的人来吃饭热闹一下。"我笑着说。

"肖芮姐，这些花花草草你要记得打理哦，别忘了浇花。"李英提醒我。

"对了，肖芮姐，午饭到面馆来吃哈，我给你做回锅肉。"李英补充道。

当太阳高高挂在天空时，他们才离开，此时，我看着属于我的房子，内心无比自由和放松。

我先走进卧室，细心的方华已经更换了全新的床上用品，被单有一种被太阳晒过的温暖气息。一个大柜子靠着墙壁，我打开行李箱，拿出我的所有衣物。

这时，我才有点想我在都市的家，想好好洗个热水澡，我整理好衣服，走进卫生间，沐浴时，大花洒的水喷涌而出，短短几天，我好像找到了过去的自己，不过，这两层房屋我需要熟悉。有点胆小的我缺少安全感。

沐浴后，我穿上宽大的花布裙，走进厨房，想好好使用方华的咖啡壶给自己煮咖啡，厨房里应有尽有，画家方华是个热爱生活的美食家，我看见了意大利的咖啡粉，和我在家里喝的品牌一样，这时，我轻轻微笑了一下，又感觉一个人自乐有点不正常，调整了一下情绪。

"叮当"的微信提示声来了，我端着一杯热滚滚的咖啡冲向客厅拿手机，看见林晓君发来了短信：

"肖芮，卓玛收到了你的包裹，特别蓝色大衣她留下了。"

"她穿上拍照发我了，你看看。"

我看见了美丽的藏族姑娘卓玛在高原上太阳的照耀下身穿蓝色大衣非常漂亮，大辫子乌黑油亮，那双大眼睛闪烁着希望。

"卓玛真好看。"我在微信上回复林晓君。

她回复了我无数个笑脸，其实我更欣赏像林晓君这样的同事，少见，但非常难得的爱心行动，我回复了一句：

"明年，我想和你一起到青海湖看望卓玛和孩子们。"我发完这句话喝了一口咖啡。

今天真好，有了一个新家，又有了好消息。我在客厅里望向伸展在室外的大阳台，径直走了过去，找了一个位置坐下。我把咖啡杯放在木桌上，看见一排蚂蚁在排队搬运桌上画家方华没有清扫干净的甜食渣，不一会儿时间，蚂蚁队伍扛着胜利果实离开了。这时，一声鸟鸣，我抬头望向对面的叠翠的山峰和森林，近在眼前却没有边际，很神秘。我喝了一口已经冷却的咖啡，浓郁而苦涩，心里思忖着，如何走向那个石头桥，然后，穿过石头桥走向森林。

"咕咕咕"，肚子却叫了起来，午饭时间到了，我立刻想起李

苏醒

英走时让我去她面馆吃饭。我简单地收拾了一下自己，离开我的新屋，奔向李英面馆。

人未到，回锅肉的香味就已经飘在了古镇街道，我已经急不可耐了。当我走到面馆时，看见李英和弟弟柱子在面馆，他们围坐在一张餐桌上正等我。

"我来了，时间正好呀。"我嬉皮笑脸道。

柱子傻傻憨憨地冲着我乐和。

"肖芮姐，快点来，正想给你打电话。"李英忙着添饭说道。

我们三个人的午饭吃得平静而温暖。

我看着柱子说："柱子，过几天，姐姐给你烤蜂蜜小蛋糕，喜欢吗？"

柱子目光痴呆地望着我不知所措。

"肖芮姐，他没有吃过蜂蜜小蛋糕，不过，我家里有一瓶新鲜蜂蜜，今晚我拿给你。"

李英刚说完，一条大黄狗就蹿了进来，我抬头一看，苟三娃来了，李英忙着给他煮面，我很安静地观察。

憋了很久，我看着他那张变形的脸说："苟三娃，你最近有没有去医院体检？"

他不耐烦且奇怪地白了我一眼说："你是什么意思？"

"我，我是感觉你身体可能患病了。"话音一落，他凶悍的双眼充满敌意说着："谁有病？你有毛病啊？"

这句话把我噎得不知如何继续说话。我看着他快速地吸溜着面条，大黄狗也充满敌意地觑视我。

很快，苟三娃就和他的大黄狗摇摇晃晃地离开面馆，等了很久，我还是不甘心地对李英说："我们去苟三娃家看看。"

"啊？肖芮姐，你疯了啊？谁敢去他家？"李英惊诧道。

"我敢！"我吐出这两个字是给自己力量。如果说我偏执，应该是我的工作习惯帮助患者不遗余力。

"好吧，肖芮姐，我真是服了你了。"李英说着解下了围裙。

片刻后，她带着我走向苟三娃的家。

他的家就在这条街上，但是隐藏在街道的后面，要走过杂草丛生的一块荒地，走在这样的路上，我心里有些发怵，我看着李英说：

"他家怎么隐藏在这里？"

李英一脸无奈道："我从来没有来过。"

我们看见了一间陈旧破屋，一扇大木门也有了年头，"嘎吱"一声，我们推门而入。

"哪个啊？怎么不敲门？"苟三娃很紧张地问。

李英急忙说："三哥，我和肖芮姐来你家看看。"

"我家有什么好看的。"这时，我看见他在一个昏暗的角落站了起来。

"哎呀，三哥，肖芮是制药公司的，她担心你患了一种罕见病。"李英急忙解释。

"啥子罕见不罕见，老子死不了。"苟三娃的声音阴森而飘忽，一副无所谓的态度。

这时，我感觉到屋内有种奇怪的味道扑鼻而来，一种血腥或者动物皮毛的味道，我因为视力不好，嗅觉很灵敏，我相信，李英也感觉到了这个家的奇怪。

她聪明地微笑着对他说："三哥，我们看看你的家，没来过。"

他懒得搭理我们，这时，李英拉着我的手穿过一道门走向了后院，后院里有口深井，当我走向井边时，看见了井边有一道浅浅的血水没有清洗干净。

李英也看见了，她说："这是杀鱼了吧？"

顿时，我的内心紧缩，这样的感觉是我在家里看见白鹭撞向玻璃的疼痛感，这种疼痛感告知我这里应该遭遇过什么，是杀戮行为，应该是动物，但一定不是鱼。

陡然传来一声大喊："你们看完没有，赶快给我出去。"我吓得赶紧拉住李英的手。

当我们穿过后院走进房屋时，我眼睛瞥见了角落里有个麻袋，软乎乎的东西露出了黑色的动物毛，不知为何，我猛然想起了大熊猫。

但苟三娃故意不让我们走向麻袋，他用手推着我们离开了房屋，黄狗也帮助主人对着我们吼叫。

这时，李英担心沮丧地看着我："肖芮姐，你说你干吗呀？好吓人。"

我沉默不语，这里面一定有问题，我对李英说："你看见麻

苏醒

袋了吗？"

"看见了啊，怎么了？"李英回答。

我疑惑地对她说："麻袋里装的会不会是熊猫皮？"

"不会吧，国家一级保护动物，他吃了豹子胆了？"她吃惊道，"可能是森林的小动物皮毛。"

善良的李英不愿意相信可怕的罪恶会在锦绣古镇发生。

可我内心的感知，在这个美丽的古镇上一定有邪恶的人干邪恶的事情。

我踏着午后温暖的阳光回到了花园房子，在门前的花园逗留了很久，感受这些花草的摇曳生姿，植物的青青悠然。我坐在草地上，刚才那一幕阴暗和不愉快的经历，我不想带回室内。

时间就这样过了很久，我才回到了房内。

但我的内心有了一种淡淡的不安。

上下两层楼的房屋被画家方华打造得别具一格，这栋房子仿佛嵌入大自然中，巨大的延伸出屋外的大阳台，人坐在阳台喝茶，眼睛看向下面的溪流时会有人在溪流之上的感觉，有点悬空的错觉。不知为何，我内心有点紧张，总感觉一楼的门没有锁好。我快步走向楼梯，向底楼走去。眼前的一楼被方华布置得很好，很大的餐厅像宴会厅，还有一个西式壁炉，方华告诉我冬天这里很暖和，休闲区域几个大白色布艺沙发随意摆放着。然后，就是那道锁住的门。我走到门前摇晃门把，其实锁得很好。我又打开了门，开门的瞬间，一阵强风吹了进来，我喝了一口冷风，呛得咳嗷了几声，我出门一看，眼前是一条小路，这条路径直通到溪流的岸边。我看着路边没有打理的落叶和杂草，快步走到溪流岸边，清澈的水奔流着，那些白色浪花跳跃着，溪流中的石头奇形怪状，我捡起溪流岸边的一块白色石头，对着溪流中间打了过去，溅起的浪花让我发现水并不深，溪流上的石桥下面的桥洞俨然是一幅绝美的风景画，寻思穿过石桥走进森林会是怎样的？暗自计划明早跑步时去看看。此刻，我置身在大自然里，忘记了城市，忘记城市那个身患抑郁症的肖芮，此刻的我是回归本性的肖芮，我情不自禁对着周围大喊一声："有人吗？"只有鸟儿啭鸣回应。

我勘察好了一层的地形后，返回房屋内，锁好了入户门。

回到楼上的客厅，我才感觉很累，是啊，搬家是体力活，虽然东西不多，面对新鲜的一切我都要熟悉，兴奋和紧张导致大脑疲惫。

这个新鲜和安静的夜晚，在窗外微风吹动窗棂的响声中，我打开电脑登录了"文学世界"。

我刻意去看罗希是否给我留言，果然，他给我留言了：

你好，管理员肖芮，谢谢你把我的文章加入精华。

他简单、冷峻的回复让我有点意外，这里不少人喜欢热络，特别美女啊什么的讨好态度有时让人反感，这个罗希的特立独行反而让我对他刮目相看。

我情不自禁地翻阅了他的所有文章，其中一篇散文写道：

日落照晚山，湖影秋树倒，如镜如梦，光照碧波清，常忆故居，乘舟至亭望，一览枫叶艳，霞光映层林，晚暮染秋色。

罗希的文字有着隽永的优美文笔和淡淡的思念故乡的愁绪，文风干净、清雅，但蕴含着沧桑，不知为何，我的头脑中出现了一位忧伤的中年男子，他是谁？他在哪里？文字为何如此唯美和伤感？我对这位罗希先生的好奇和仰慕之心油然而生，我立刻给他的文章留言：

罗希你好，如果你愿意，请给我的邮箱发你的微信号码好吗？我想和你谈谈。

我如往常一般把"文学世界"打理好就下线了，我特意检查了邮箱收件箱，我希望实体书出版能有音信，结果，我仍然失望，依然没有任何回复。

当夜幕渐入黑暗时，门铃响了起来，我第一次听见门铃声竟然这么好听，是圣诞节音乐《铃儿响叮当》，轻快的音乐跟着我的步伐，我也跳跃了起来，打开门，看见是李英。

"肖芮姐，我给你拿蜂蜜来了。"李英喘着气说。

"哦，辛苦了，快进来吧。"

我随着关门。

"妈呀，姐，你一个人住不怕吗，这房子很大。"

"嗯，还真的有点担心，我需要熟悉几天。"

"李英，我想过几天请镇上熟悉的人来吃个饭。"

"需要我帮忙吗？"

我笑了笑对她说："不用了，我准备简单饭菜就好。"

我给李英倒了一杯白开水："喝杯水吧。"

"肖芮姐，今天我们在苟三娃家有点紧张，感觉怪怪的。"她的目光流露出恐惧。

我说："嗯，我觉得他家杀气腾腾，感觉不对劲。"

"肖芮姐，我也有同感。"

"这个三娃不会真的猎杀熊猫卖皮吧？"李英瞪着眼睛问。

我看着李英无语，因为猜测的没有证据的事情不能乱说。

这时，我浅笑了一下，拉着李英的手说："来，和我到卧室。"

我继续说道："一箱子书随你挑。"

"真的，你舍得给我啊。"李英眼里仿佛有把火炬闪着光亮。

"对爱书的人，我很舍得。"我爽朗地回复。

这个夜晚的寂静，远处看，这栋房子里面灯光是明亮的，两个女人在整理书籍。

"肖芮姐，我想读世界名著。"

"哦，《简·爱》你拿去吧。"

"我早看过了。"李英嘴角泛着骄傲的小得意。

"好吧,村上春树的几本书你都拿走吧。"

这时,我看见了李英眼里对书籍的渴望。

是啊,书是我们随身携带的避风港,能让我们安心不孤单,可以让思想畅游世界。

李英走时已经很晚了,这时,我看见那盒抗抑郁药"帕罗西汀"在床头柜上,它好像提醒我是个病人,我抵抗和排斥地把药放进了抽屉里。

肖芮不会成为抑郁症患者,我内心的声音响亮地提醒自己。

第八章

昨晚,我在迷迷蒙蒙的睡梦中感觉到窗外下雨了,当我醒来时是清晨六点三十分,果然,外面一夜大雨,把阳台的木桌和木椅全部淋湿了,地上的水里是大雨吹落的树叶,阳台积了不少水。我穿着拖鞋打理阳台的一片狼藉。

"咕咕咕",一阵清脆的鸟鸣让寂静的清晨有了生机,我收拾完阳台,穿上运动服就出门了,想穿过石桥走向森林边缘看看。

一身黑色运动衣裤,我的丸子头干练地盘在头顶,雨后的清晨空气清新,白色运动鞋踩在草地上发出挤压的响声。

我迈着轻快的步伐很快到了石桥,站立片刻,观望四周,空无一人,我开始慢跑。因为腰椎间盘突出我不能快跑,一路看着大自然的美景,穿过了石桥,穿过了树林,走向茂密的森林的边缘。我看见了很多树下的蘑菇,因为没有带篮子,我只能看看,胆小的我第一次大着胆子一个人走进森林,当我警觉地双目观望时,听见了窸窸窣窣的走动声,看见一个人影在晃动,我感觉有点害怕,停住了脚步,我灵巧地藏在一棵树后。这时,我看见苟三娃和两个陌生男人拿着猎枪往森林的中心走去。此时，我的预感和之前的感觉吻合了，内心说道："这个混蛋，果然不出所料。"

我想尾随他们，侦察他们的行动，我自以为聪明地悄悄跟着他，没想到，狡猾的苟三娃早就知道我在尾随他，突然间，他回头大声说：

"你跟着我干什么？我去打几只野兔子。"

我吓得一哆嗦，立刻停下了脚步，另外两个陌生男人的目光阴冷地注视我，顿时，我打了一个寒战，突然害怕了起来，眼前这一幕，我觉得我应该报案，不过，锦绣古镇没有公安局，我要去清城山警局才行。

此刻，我清醒地明白转头返回才安全，我掉头快速跑着，风呼呼的从耳边吹过，我的鞋带也散开了，我不敢停留，继续跑，很快到了自己房屋。

我气喘吁吁地在小花园站立喘息时，看见虞洋站在门口看着我笑道：

"肖大美女，一大早失魂落魄的，受什么刺激了？"

"哦，虞洋来了，我去跑步回来。"

"我来喝咖啡来了，方华留下不少咖啡粉吧？"她歪着头问。

我点头："是啊，我没吃早餐，来吧，我煮咖啡，做个松饼当早餐。"

虞洋一袭性感黑裙，头发有些凌乱，不戴耳环的她看着舒服很多。

"方华说要走,我发愁没地方喝咖啡,你来了真好。"虞洋实诚地说道。

我们前后脚进屋,我进了厨房,她走向阳台观景,这间房屋阳台是最大的亮点。

我在厨房用二十分钟做好了松饼,发现冰箱还有一瓶德国进口的喷射奶油,我欣喜地拿了出来,又拿出一瓶黑樱桃果酱,咖啡壶翻滚着滚烫的煮好的咖啡。

"虞洋,我们就在阳台吃早餐吧,不过,椅子有点湿,昨晚下雨了。"

"没事,都干了,进来吧。"虞洋说。

两个黑衣女人围着木桌吃早餐,两盘松饼上我放了奶油和果酱。两把叉子和刀放置在盘子旁边。

"肖芮,太正式了,不需要刀叉。"

我笑着说:"这是生活的仪式感,我搬过来的第一顿早餐。"

我看着虞洋满足、优雅地用刀切着松饼,她细长的眼睛享受地眯着,像猫眼,有种性感、颓废的迷人感。

片刻后,她咽下松饼说:"肖芮,你觉得我奇怪是吗?在这里能住很多年?"

我淡淡一笑:"没有思考过,没顾上。"

"肖芮,我和镇上的人关系并不好,我像幽灵住在这里,周五时，我开车到景区酒吧娱乐喝酒。"她平静道。

我蹙眉问："你怎么会来这里住？"

她沉默片刻说："我爱上一个已婚男人，他的公司破产了，人跑了。他老婆和追债的都找我，和我有什么关系？我真倒霉。"

"肖芮，你相信爱情吗？什么是爱情啊，我一点不相信，为了躲麻烦，我选择了这里。这里山清水秀，没想到一住就几年，也不想离开。"

她的表情很漠然，声音有点缥缈，也许是阳台就像镶嵌在大自然中的一个空间，她的故事仿佛和这里不协调，充满了世俗的沧桑。

寂静片刻，虞洋用神秘莫测而幸福的表情看着我说：

"肖芮，现在，我爱上一个人，不过，他很危险。"我一脸不解地望着她。

她清了一下嗓子说："他是人们传说的大哥。"

"啊，太危险了吧？"我担忧道，脑中立刻出现黑社会大哥形象。

"哼，什么不危险啊？他给我买珠宝，让我开心就好。"

我看着眼前这个玩世不恭的女人，不知如何接话。

"我要回去念经了。"她说道。

"你是佛教徒？"我诧异问她。

她点点头说："是的。"

突然间，我觉得虞洋像一杯奇怪的鸡尾酒，她不是纯色纯味的，雅俗不羁在她身上表现得很明显。

我看着虞洋扭动腰肢走了以后，一下瘫倒在沙发上，眼前出现的是森林里的苟三娃的一幕，心里思忖着去公安局汇报一下这件事。

时间过得真快，时间一晃就过去了一周，我计划着宴请古镇的居民星期天来吃饭。我也适应了方华这间世外桃源般的住房，内心的不安感少了，睡眠也一天比一天好起来，我好像已经忘记了自己身患抑郁症的这个事实。

这一天，正是午后斜阳时，暖意融融，山区里春天的一天最美就是午后时光，阳光穿透大玻璃窗，阳台的门敞开着，春风微微触动着门在摇摆，在客厅可以看见阳台对面的山峦叠翠。此刻，我披散着乌黑直发，白色的宽大亚麻布长裤，深蓝色的T恤，不施粉黛，我喜欢现在本真的我，清爽、自然，搬家的忙碌过去了，现在，我终于可以安静地管理"文学世界"了。我打开电脑，登录"文学世界"，内心急切查看邮箱，不知为何，我对罗希的邮件回复有了一种急切的盼望。当我看见了罗希回复的邮件，瞬间，内心涌动着欣喜和欢愉，嘴角泛起了甜蜜的微笑。

罗希很绅士地给我回复了一封邮件：

你好，管理员肖芮，谢谢你给我的文章评论。这是我的微信号码，我在美国，正在攻读免疫医学博士，我在美国长大，但中文还不错，因为家庭教育，我从小学习唐诗宋词，我恭候你的微信。

罗希

罗希简洁的邮件让我感觉他是一个单纯且家庭教养良好的人，我快速添加了罗希的微信，他没有马上回复我，因为中国和美国的时间差，我需要等待罗希的回复。

这个瞬间，我有了一种内心的踏实感，不知为何，我期待着和罗希的交流。窗外阳光明媚，这时，想喝杯清茶的念头不可抑制，很长一段时间心情低落得几乎忘记了茶香。此刻，我想起了自己带来的牡丹白茶，起身走进厨房，让我惊喜的是方华买全了泡茶的茶具和各种食材。我在各种玻璃瓶里找到了红枣、陈皮和桂圆干。我拿了一个日式茶炉、茶壶和一个杯子放在日式托盘上走了出来。时间已经接近黄昏，我需要好好喝一杯茶，然后打理好"文学世界"。

电脑一直开着，我用火柴点燃了茶炉，把开水倒进茶壶，很快，茶壶里的茶就翻滚起来，茶叶像牡丹花瓣般绽放，瞬间，各种果干和白茶特有的清香飘逸了出来。我拿着一个纯白色的瓷茶杯，把橙黄、剔透、香气扑鼻的茶水倒入了茶杯，微微闭上双眸，用鼻子去嗅袅袅升腾的水蒸气的清香，一绺耳边的长发散落下来遮住了我的脸颊，用手把黑发别在耳后，一种恬静和悠然的午后心情油然而生。我彻底放松和享受着美好安静的时光。

我让时间任意流淌，不知不觉，窗外的太阳也下山了。我又回到电脑旁，继续翻阅着大量文章。自从我患抑郁症，几乎没有心情打理这个网络文学平台。此时，当我认真地一篇一篇阅读作者文章时，我内心开始泛起揪心的隐痛，因为，我发现抑郁的人不只是我，那一篇篇忧伤的文章传递着的痛苦和无奈深深触动了我。

我不由自主地写下一首现代诗，这首诗歌是给自己也是给所有困在抑郁情绪中的作者和读者写的，即兴写诗随手发表在"文学世界"：

照亮（现代诗）

肖芮

　　我是一阵风，
　　你是一粒沙，
　　你在沙滩哭泣，
　　我停下了脚步。
　　春风是轻柔的，
　　带着海的清新，
　　你哭着说你的故事……
　　我的双眸里飞翔着海鸟。

苏醒

你哭着说：
我只是一粒沙没人知道我是谁。
我笑着说：
我也只是风也没人看见我。
星星在我眼中闪亮，
你笑了，眸子闪烁着火光。
春风和一粒沙的相遇，
照亮了彼此……

发表诗歌后，我转身看着茶炉的蜡烛火苗微弱地跳跃着，不过，茶壶里的茶水仍然滚烫。我倒了一杯热乎乎的茶，喝了一大口，内心充满满足和感慨：人心就如茶炉里的火苗，心灵的热量如火苗般可以温暖另一个冰凉的心灵。当我的思绪在飞扬时，电脑传来了"叮！"的一声，声音吸引了我的注意力，我放下手里的茶杯，端坐电脑旁，这时，我看见了一位陌生读者对诗歌《照亮》的留言，她的言语真切感人：

肖芮老师你好，读完你的诗歌我哭了，我患抑郁症有一年时间，因为爱情的不顺利，我一年没有离开家门，后来在医生和家人的帮助下我才走出了家，你的诗歌让我感动，有很多受伤的人照亮别人。

读完这位读者的留言，我沉思了，一个字也打不出来，只是敲出了很多的拥抱图案，这时，也许给对方一个拥抱比文字温暖。

正在这时，我的手机响了起来，我听见虞洋慵懒的声音：

"美女，明天我去清城山景区，你和我去吗？你不是星期六宴请大家？我有车方便，去采购一点东西吧。"

这一周，我一直琢磨去景区公安局汇报苟三娃的情况，立刻问她：

"虞洋，我是需要采购东西，不过，我可不和你去酒吧喝酒。"

"哈哈哈，疫情防控期间，酒吧都关门了。"

"实话对你说，我要见他。"虞洋用神秘的语气说道。

我和虞洋约好了明天出发的时间后，才发现已经是晚饭时间了，不过，我心里牵挂着罗希的微信，特意看了一下手机，结果他还没有回复我。

不知为何，我特别想吃一碗家常酸辣汤面，厨房什么都有，就是缺少青菜和香葱，我猛然想起小花园里的一个角落好像有蔬菜。我起身时随手用手腕的橡皮筋把一头散发扎成了马尾，漫不经心地走出房屋，到小花园寻找香葱和青菜。

当我走出房屋时，仰望天空，太阳正在下山，夕阳的余晖染红了天际，那些峰峦叠翠的群山，此刻，也变成金黄色，夕阳的美好竟让我感动万分。我的眸子温柔地凝视着大自然的美妙瞬间。片刻后，我走向花园的小菜地，一眼看见了香葱和小白菜，转身蓦然地看见了几树洁白的樱花恬静地绽放，散发着清香，我欣喜地走了过去，拔下几根带着泥土的香葱，又摘下几窝白菜。晚饭有着落了，我喜滋滋拿着菜回到屋子。

厨房里，我给自己煮面调味，画家方华真是太会过日子了，调料俱全，辣椒油上飘着熟芝麻，我手脚麻利地煮面，不一会儿时间，我用漂亮的蓝色陶瓷汤碗装面，香气扑鼻的酸辣面让这个远方的家就像自己的家。

我端着一碗面，走出厨房，直接走向阳台……

我想坐在阳台上看着对面的森林吃晚饭。此时，夕阳已经落山，暮霭悄悄印染眼前的翠绿山林，山峦之巅有着层层阴影，预告着傍晚的来临，只有阳台下的潺潺流水"哗哗哗"地回荡在空旷的大自然里。

热乎乎的酸辣面让我很快吃完，吃饱了就想发呆，这个时刻，我放空了一切。

突然，"叮！"的微信通知声音让我清醒过来，我马上走进客厅拿起手机，一看，罗希加了我的微信，瞬间，内心欢喜起来，我高兴地在微信上用文字和他打招呼。

"Hi，罗希你好。"

"Hi，肖芮你好。"

我的微信头像是我本人，可罗希微信头像是条狗，其实，我内心特别想知道罗希的模样，第一次聊天不好意思要照片，我下意识偷笑了一下。

"肖芮，很抱歉，因为我要上课和工作，不能和你多聊天。"

"不过，我星期六有时间，到时见。"

没有想到罗希只是匆匆说了几句话就下线了。让我有点失落，也给我留下很多猜想和疑问：罗希年龄多大？他长得帅吗？这时，我傻傻地嘲笑自己，四十岁的女人和小女孩一样好奇。不过，我和罗希加上了微信就能随时沟通了。

想到这里，我喜滋滋地迈着轻快的步伐把面碗拿到厨房，这时，我心里有种预感，罗希能给我带来很多海外的故事，我在锦绣古镇隔绝了城市和外界，但和世界联系的人只有这个罗希。

第九章

第二天，我整理好一切，穿着休闲布衣布裤等着虞洋来接我到清城山景区购物，我想到公安局汇报的心思没有告诉她，虞洋是只在乎自己的女人，如果她觉得我惹是生非可能拒绝载我去景区了。

我琢磨她没有时间观念，应该不会准时来接我，正在思忖，就听见汽车喇叭鸣笛声，我的嘴角自嘲地一咧笑了一下，其实，我的理解不一定准确，不过，人总以为自己的判断是对的。

出门时，我拿了一个遮阳帽，让乌黑的直发如瀑布般自由披散，看着镜子里朴实的布衣布裤女子和蓝色的宽檐帽子不协调，因为，帽子是我几年前在英国伦敦买的淑女帽。我喜欢英国贵族的淑女风格帽子。

我锁好门后，走出小花园就看见了虞洋猩红色的奔驰车，她的车和人气场一致，她戴着大耳环，白色长裙，白色帽子很时尚，她看着我说：

"哎呀，我们的肖美女太英伦风格了，一身布衣也能穿出贵族感。"她奚落道。

我倒是哈哈大笑："这是土洋结合，不伦不类。"

我上了车闻到虞洋身上浓烈的香水味，我知道她是会情人的，如此香艳打扮很招摇。

我们的车离开锦绣古镇奔驰在山道，我在虞洋的香水味中睡了几个小时。

"肖芮，醒醒，你真行，上车就睡，打着呼噜也好意思，到了。"随着她清脆的声音，我睁开眼才发现已经午后了。

"美女，我的那位男友等着我们吃饭，完了我陪你采购，今晚返回会很晚了，你想住酒店吗？"她问我。

"不，再晚我们都要回去，酒店我睡不着。"

我懂事地说："你们吃饭我不去了，给你们空间，我去市场采购，我们约好时间市场见面就好。"其实，我内心琢磨先到公安局。

离开虞洋，我就开始东张西望地寻找公安局，果然，不远处，清城山警察分局在街道旁。我快速走了进去，这是一个办事点而已，几个警察坐在办公桌旁，我有点不知所措，找了一位看着像当官的警察，我立刻走了过去。

"警官你好。"

"哦，你有什么事情？"这位警察黑黢黢的皮肤看着像军人转业。

"我是锦绣小镇的，最近，我发现了一起猎杀熊猫的案件。"

我把前因后果说完后,警官瞪大了眼睛看着我:"你有证据吗?"

"我……我没有证据,只是感觉。"我突然觉得自己很无力,嗫嚅道,"这些都是我的预感。"

这时,我看见警官的表情出现了不耐烦:

"报案要有证据,美女。"

我顽固地说:"你们要去苟三娃家看看。"

警官无奈道:"好的,有时间我们会去查看。"

最后,起身离开时,我听见了他们的对话声:

"最近,总有精神不正常的人来报案。"

突然间,我明白了,没有证据凭感觉报案是多愚蠢。

我自嘲地快步走向景区市场,这时,感觉很饿了,就在市场内找饭吃,吃了一碗馄饨,就开始忙活我的大采购。

这里的市场食材丰富,蔬菜新鲜,一个小时后我采购了大包小包的食物,我艰难地拎着挎着食物袋拖到市场门口,我把食物袋放在一个角落里,用纸巾擦着春天不该有的热汗,四处张望地等待虞洋。过了片刻,虞洋朝我走来,她反常地戴上了墨镜。我不解地看着她。她只说了句:"我们走吧。"

返回途中,我仔细端详她,我发现她哭过,侧脸看着她轻轻地说:

"你摘下墨镜让我看看。"

她顺从地摘下墨镜,我愕然看见一双妩媚的眼睛变成了乌青的熊猫眼。我愤怒道:"什么情况?你的大哥男友打的?"

她点点头说："他来见我之前就喝酒了，喝多了，我们争吵起来，他有暴力行为，但是爱我的。"虞洋给男友辩解。

我陷入无语中，看着她咬着下嘴唇默默地开车，我内心有一种对她的怜悯和不安的感觉。此刻，我和虞洋都沉浸在寂静中不想说话，车行驶在山路上，夕阳的余晖洒在翠绿山峦之间，一片橘子般的金黄色。我看着窗前的景色，内心涌动着感慨开始说话：

"虞洋，我记得方华说你曾经是著名电台节目主持人？"

虞洋点点头继续开车。

我微笑了一下，声音温柔，但疲惫地继续说：

"虞洋，那时，你多么辉煌啊，一定不少人羡慕你。"我的目光流露着回忆的想象和崇敬。

"哈哈哈。"虞洋突然大笑把我吓了一跳。

我诧异地看着她说："难道不是？"

这时，她的表情充满哀伤："有什么好说的，爱情不得意，事业因爱情被毁掉，我早就不相信世俗的成功和爱情了。"

"你不是一直在谈恋爱？"我继续问。

她沉默片刻后，鼻腔发出不屑一顾的"哼"，然后说："往事不堪回首！"

这个瞬间我开始心痛这个伤痕累累的女人。

我们的车从清城山景区返回锦绣古镇时，已经凌晨了，锦绣古镇在残月的笼罩下神秘又诡异，和白天是完全不一样的景色，

苏醒

星空虽然灿烂，家家户户的房屋如阴影般伫立在夜幕中，深夜的山峦也如阴影重叠，有一种空旷的苍凉之感。

虞洋把我送回家，汽车后备厢里的食物很多，她帮我拎着大包小包，寂静的夜晚，只有我们窸窸窣窣的走动声。虞洋走了以后，我把食物分类，肉类放速冻箱，新鲜蔬菜放保鲜箱，土豆和胡萝卜之类的我就放置在厨房角落。这时，感觉腰椎间盘隐隐疼痛，我需要洗个热水澡。走进浴室，在热水的冲洗和温暖下，那种赶夜路的疲惫感才减轻，我穿着蓝色浴袍离开卫生间，头发湿漉漉的，为了保护头发我不想用吹风机吹干。当我刚走到客厅时，一声"喵！"的猫叫声立刻传入我耳中，我停住脚步，屏住呼吸，等待第二次的猫叫声，这时，却传来恐怖的猫的叫春的声音，一声比一声凄婉。我怕猫，是因为童年的阴影。小时候，应该在我六岁时，在外面捡回一只野猫，母亲禁止孩子们养猫养狗，我悄悄地把灰色小猫抱回我的卧室，从冰箱偷出牛奶和馒头给小猫吃，晚上，我抱着小猫入睡。有一天深夜，不知为何我突然被惊醒，看见了恐怖的一幕，这个小猫撕咬着血淋淋的老鼠，老鼠已死，猫在玩它的战利品。年幼的我无法接受这样的恐惧刺激，记得当时，老鼠血沾满了我床上的床单，我大哭大叫一个晚上，吓坏了家人。但没人发现猫在床底下。第二天，我看着以前的小可爱却充满了恐惧，我毅然抱着猫走到了河边，把它放在岸边，我的记忆中这只猫在水边看着我"喵喵喵"不停地叫，我头也不回地残忍离开。

从此后，我再也没有养过猫，特别怕猫的叫春声。

此刻，夜半更深，有一只叫春的野猫就在底楼门外。我听着猫凄厉的叫春声音，就像一个孩子哭泣的声音，蓦然间想起我抛弃的那只猫，愧疚和恐惧的情绪充满了身体。我从楼梯下到底层，这时，清楚地听见猫就在底楼的门外面。我把反锁的门推开后，山里夜间的冷空气席卷而来，那只叫春的猫很像我抛弃的小猫，内心纠结着，又怕又怜悯这只野猫，我想抱它进屋。这只猫的眼睛像夜里的探照灯闪闪发光。我借着屋内的灯光看见它对我龇牙咧嘴，然后，它凄厉地尖叫一声，"嗖"地跑了，野猫像幽灵般消失在夜幕中。我的手哆嗦着把门紧紧关好并反锁。

我在返回楼上时，发现自己身体冰凉，我抱着胳膊温暖了一下自己，走进了卧室。这一夜，我辗转反侧难以入眠，内心有种不安感，不知几点，我又开灯起来。第一次打开床头柜，看见抗抑郁药"帕罗西汀"原封未动，我叹口气，关灯，强迫自己睡觉。

当我渐渐地进入睡眠时，又听见有人使劲敲打我的房屋入户门。响亮的敲击声把我彻底惊醒，我一看时间是清晨六点。我在睡裙外面披一件外套开门，打开门，看见李婆婆的聋哑儿子李承咿咿呀呀地比画着，他满脸的焦急和担心，我看得出来他告诉我是李婆婆病了。我带着自己的药箱子，和李承来到了李婆婆家，李婆婆发烧了，她因为高烧不停说胡话，吓坏了乖巧的李承。我拿出体温计测体温，三十九摄氏度，还好，我的药箱子里的药很全，我准备了各种小病的治疗药物，我给李婆婆喂了退烧药和感

苏醒
≈

冒药，这时，看着李承可怜巴巴地望着我。

　　我走向他，拍拍他的肩膀说："不要担心，只是感冒。"然后，我找到厨房，给李婆婆煮白粥，李承陪着我在厨房帮忙。

　　此时，我从厨房的窗户向外看向天空和远山，日出正在山巅升腾，一轮火红的朝阳，顿时，山峦和大地被笼罩在金黄色中，然后，天空渐渐发白，鸟儿啁啾鸣唱唤醒了清晨，此刻，我才意识到自己疲惫的脸和一头乱发，我用手拢了一下头发，米粥在锅里翻腾着散发着米香味道。我给李承比画着，等李婆婆醒来就让她喝白粥，然后，我走进李婆婆卧室，用手试试她的额头，降温了，我放心了，这时，不知为何，有个念头让我走进了李婆婆的蜀锦大织房，我走在斑驳的有着历史气息的房屋内，穿过四合院走到织机房，站立在高大的蜀锦木织机前，仿佛看见了远古时期的刀光剑影，仿佛看见了娟秀的浣纱女子……

　　当我离开李婆婆家，走在锦绣古镇的街道上，清晨的街道空气十分清新，却一片寂静如梦，远山淡水的围绕给我梦幻的感觉，只有一声公鸡的啼鸣声，让我清醒地知道了我是都市的肖芮，现在住在锦绣古镇，这不是梦境，这时，我才感觉到有点冷，外衣有点薄，我加快了步伐回到自己的住处。

第十章

当我回到住处时,看了一下手机时间,早上八点,这时,疲倦的感觉袭来无法抵挡,我径直走进卧室,倒头就睡……

顿时,我的身心进入了一种极其宁静的状态,没有梦境的睡眠是高质量的,不过,很快,闺密张玥的来电再次把我吵醒,她说话就像倒豆子般爽快噼里啪啦。

"肖芮,你走了一周了,也不来个电话,我也不敢打扰你。"

"哦,亲爱的,抱歉,来到这个地方就忙着找房子……"

我汇报结束后,她叹口气说:"听你的语气,感觉你好多了,不像之前,我也放心了,我忙完就来看你。"张玥的语速从快速到舒缓,仿佛又是悠扬的小提琴曲子,最后,她挂了电话。

我一看时间,已经是正午十二点,才想起吃饭,没有睡好的人不会感觉饥饿,这时,我走进厨房,把冰箱的速冻馄饨拿了出来,简单午饭,我就在厨房解决了。

不过,想到周六宴请古镇居民的午餐,我为煮饭焦虑,因为,我不知道这一方山水养育的居民是否能接受我的咖喱牛肉饭，我决定给客栈钟大哥打个电话商量。没想到，钟大哥实在的言语让我感动。

他在电话里说道："肖妹儿，你那个什么咖喱牛肉饭，没人喜欢吃，我星期六一早过来当厨师，你就别管了，你准备的食材有什么……"

放下电话后，我一阵轻松，有人帮忙真好。这时，我给自己泡了一杯红茶，从厨房走到客厅，打开阳台的玻璃门，走了出去。正午时光，正是阳光明媚之时，鸟儿欢唱，我径直走向阳台的外端，坐在木椅子上，把红茶杯放在木桌上，此刻，阳台下的溪水涓涓流淌，溪水在石头之间跳跃欢唱，对面的森林叠翠如墨，宛如一幅山水画，昨夜的野猫叫春的诡异一幕仿佛如梦境般不真实，此刻，万里晴空的湛蓝和眼前的绮丽山峦、溪流的淙淙声如世外桃源般的美好，而我用恬静的面容、清澈的目光眺望远方。

突然间，我想起了蜂蜜小蛋糕，是星期六宴请大家的饭后点心，我不知道方华的烤箱我是否习惯，倏然决定马上试着烤蜂蜜小蛋糕，请李英和柱子还有虞洋来喝下午茶，品尝蛋糕。

我在阳台的木椅子上，拿起木桌上的手机，分别给李英和虞洋电话。

"肖芮姐，好洋气啊，下午茶，我可以带上妈妈来吗？"

"当然可以，我正想去看望你母亲。"

"好嘞，肖芮姐，我们准时到。"

因为我担心着虞洋的受伤的眼睛，说话很小心。

苏醒

"虞洋,来喝下午茶,我准备烤蜂蜜小蛋糕。"

"不过,你的眼睛还青吗?"

"哦,我冰敷后好了,我按时来,给你带点好茶,是英式红茶。"

我忙完电话通知后,端起茶杯喝完最后一口红茶,然后,离开阳台,走进客厅和厨房,准备烘焙蜂蜜小蛋糕。

我把头发在脑后盘成丸子,休闲的布衣布裤,拿着方华留下的男人用的厨房围裙围在身上,开始寻找蛋糕粉、黄油,还有糖。我竟然找到了电动打蛋器,内心狂喜,这下可好了,我可以做戚风海绵蛋糕了。当我从冰箱里拿出蜂蜜后,我看着土罐里的蜂蜜想起了李英妈妈。我闻了一下蜂蜜的香甜芬芳,拿出装蜂蜜的土罐放置在阳光下融化准备烘焙蛋糕。

片刻后,我把新鲜鸡蛋蛋清和蛋黄分离,在蛋清里放入白糖,用电动打蛋器开始打发蛋清,不一会儿,蛋清就像天空的棉花白云朵朵耸立,轻柔而立体,真喜欢这样纯洁无瑕的画面,我情不自禁地从厨房窗户看向窗外天空上的白云,刹那间,我有置身于白云之间的恍惚感,然后,我把黄油和蜂蜜混合在一起搅拌,一种浓郁的奶香和蜂蜜的菜花香味道结合的馥郁芳香十分完美,此刻,我满意得嘴角微微上扬,眼角漾着欢喜和满足。

我像一个蜜蜂在厨房忙碌,快乐又充实,已然忘记了昨晚一夜没有睡好的事实。当太阳斜照时,我的准备工作已经完成,蛋糕糊在蛋糕模具里躺着,我在预热烤箱,很快,蛋糕就蹲在烤箱里随着温度慢慢地膨胀,我看着欢喜地解掉了围裙,走出了厨房。

站立久了腰部僵直,我双手叉腰扭送了一下腰肢,然后,走进卫生间,这时,我看着镜子里的自己笑了起来,不知何时一团蛋糕糊在下巴上面,让洁净的脸庞脏兮兮的感觉。

收拾好自己,我走出了卫生间,这时,斜阳在窗外的崇山峻岭的叠影中,有着层次感的光线一缕缕地照进了客厅,每一束光线就如一束追光,这样的温暖洋溢在屋内十分温馨,充满暖意,我躺在客厅布艺沙发上歇息片刻,过了一会儿,"叮当"一声,厨房烤箱提示蛋糕烘焙已完成。瞬间,蛋糕的甜蜜的气味飞扬到客厅,这时,房屋入户门铃也热闹起来,李英带着母亲和弟弟准时来到,当我开门时看见李英背后的她苍老、瘦弱的母亲,我怜惜温柔道:

"阿姨快进来。"

当李英和母亲走进门来时,柱子憨憨地傻笑着跟在母亲后面。李英站在我的身边说:

"妈妈,这是肖芮姐姐。"

我拉着李英妈妈的手走进客厅说:"我去泡茶,你们先坐。"

突然间,柱子大声说:"好香的馒头哟。"傻傻的柱子可爱的言语,逗得我笑了起来,我看着他说:

"我去泡茶,一会儿把蛋糕拿过来。"

这时,李英和她母亲、弟弟一家人亲昵地依偎在沙发上,我看着眼前的相亲相爱的一家人,蓦然明白了李英不离开锦绣古镇的理由了。

片刻，我从厨房端出了茶杯和蛋糕，我泡了四杯红茶，有一杯是虞洋的，虞洋真会赶时间，当我放下茶杯和蛋糕后，门铃就响了，柱子热情地去开门。

这时，我看见虞洋少有的朴素和恬静，她不施粉黛还是好看的，虽然不算美丽的脸，但很有味道。

"肖芮，你真行呀，八百里外我就闻到了蛋糕香味。"

这时，傻柱子已经嘟囔着："我要吃香馒头。"

时间真快，眼看着太阳就要下山了，我的客人们对我的蛋糕很满意，我狡黠地看着李英："周六午饭，钟老板做大厨。"

虞洋嘴里含着蛋糕道："肖芮，你别生气，古镇的人不喜欢吃你的什么西餐，这里人实在。"

我微笑着不语，目光凝视李英的母亲，她小心翼翼很珍惜地一口口地吃着蛋糕，我从没有看见过这么认真吃东西的人。片刻，李英母亲放下蛋糕，目光充满着哀愁，她看着大家说话了：

"我们李英可怜啊，为了这个家，大学放弃了，我女儿从小就是优等生。"顷刻间，李英母亲双眼噙着泪水，我不知如何是好，李英打断了这样的局面：

"妈妈，今天肖芮姐请我们喝茶是开心，别提伤心事。"

此刻，我眼前的李英很美，她反射出一种人性美好的光芒熠熠生辉，这是人格的魅力，我心疼地看着她，她心灵的美丽超越了外表的古典美丽，我提起茶壶给她的茶杯斟茶。

柱子已经吃得忙不迭，胸口全是蛋糕渣，他仰头看见阳台，跳跃地跑过去说道："石桥，我要去石桥耍，我要去森林。"

柱子跳跃着跑到阳台，我才想起大家可以在阳台喝茶，说着："我们去阳台吧。"

虞洋却说："怎么不到底楼的溪流边喝茶，不是很好吗？"

虞洋提醒了我，我们几个人拿着，提着，端着，把蛋糕和茶水转移到了底楼，我们一起打开反锁的门来到了溪流边，方华准备的椅子桌子齐全，只是，桌子上落满了灰尘和零星的落叶。李英帮助我清理干净了桌子、椅子，我看着柱子已经走到溪流边的石头上一屁股坐下，看着我们说：

"你们看，石桥，我要去石桥玩。"眼前的景色吸引着他。

我安排李英妈妈坐在椅子上，给几个茶杯分别添加茶水，不知不觉中，就到了傍晚，这时，已经夕阳西下，一切都被一轮红艳的夕阳笼罩成金黄色，我低头看着溪流的水，清澈的水中几条小鱼在畅游，不知为何，我突然想起了陌生的罗希，想到星期六会和他在微信见面，内心涌动着欢喜和期待。

这时，"扑通"一声，我抬头一看，柱子一屁股跌落水里，顿时，大家笑了起来，也因柱子打湿了裤子结束了下午茶。

而我的目光睨视着昨晚野猫叫春的角落，内心还是发怵，我希望，今晚野猫不要再来骚扰我了。

我的客人走了以后，已经是傍晚了，我送客人走到小花园时，夜幕渐渐降临，在暮霭的昏沉下，一簇簇的紫色雏菊淡雅羞涩地绽放，我俯身闻着雏菊清淡的野草香，随手摘下一把雏菊，我想用花瓶插上雏菊放在卧室。

夜色寂静，我在"文学世界"打理文章，又查看了邮箱，我期盼着出版社会给我机会，结果，又是失望。看来我这个网络作家出版实体书是艰难的，也许，我需要伯乐和机会，每次查看出版社的消息时，我的耳边就会响起侄女小橙子稚嫩的声音：

"姨妈，你的实体书什么时候能出版呀？"她的尾音特别像撒娇。这时，我拿起电话打妹妹家座机，接电话的是小橙子，我的眼角微挑满意地说道：

"小橙子，想姨妈了吗？"

"哎呀，是姨妈呀，你去哪里了？我最近没有看见你。"

"姨妈在很远的地方养身体。"

"姨妈你病了吗？"

我沉默几秒，她接着激动地说："姨妈，我给老师说了，你的科幻小说出版后，我要送学校图书馆一本，让所有同学阅读，让大家知道我的姨妈是作家。"

"橙子，你喜欢作家？"

"当然了，因为作家能给我们写出我们喜欢的故事。"

小橙子话音刚落，我的眼眸就湿润了，我没有想到一个七岁的孩子如此期待实体书的出版。

当我和小橙子通话结束后，我惊喜地看见罗希微信在闪烁，不知道为何，我竟然那么期待罗希的微信。

"Hi，肖芮你好，你在忙吗？"

"我不忙，你很忙？"

"是的，忙着写论文，不过，我刚才登录了'文学世界'看见你给大家的留言了，你真棒。"

"肖芮，你的微信头像很美。"

我听见罗希的夸奖竟然脸红了，咬住下唇说："我老了。"

突然间，我后悔暴露了自己的年龄，他打了一个笑脸说：

"你今年多大？"

"我四十岁了。"

"我三十岁，肖芮，在美国四十岁是最好的年龄。"

罗希的彬彬有礼和其他男人的讨好完全不一样，我想了一下问道："你的微信头像为什么不放照片？"

"哈哈哈，照片是一个影子，我需要心灵沟通的人。"

瞬间，我愣住了，这个罗希真是个怪人。

"罗希，这样不公平，因为你看见了我的头像。"

"肖小姐，你的采访照片各大网站都有，美女网络作家。"

他打出一排字后，我心里不舒服，什么是"网络作家"，都是写作、发表和签约，不就是电子书和纸质书的区别吗？

"肖芮，你的确很有气质。你的文笔也神采飞扬。"

"罗希，你的文笔才隽永清新，过目不忘。"

"肖芮，我应该叫你小芮还是芮姐好？"

我一下乐了，敲出："随便。"

苏醒

"小芮,我必须学习了,周六晚上见。"

罗希礼貌地打了招呼匆匆下线,不过他和任何人不一样,好像故意隐藏自己,难道他很丑?或者身份特别?不论他是什么人,我们就如星空的两颗擦肩而过的星星,因文字彼此停下脚步互相遥望,他是谁重要吗?是的,世俗的一切标准在"文学世界"里淡化了。

这一天,忙碌又充实,还有一丝丝甜蜜,这个甜蜜感是罗希给我带来的,我自嘲道:"肖芮,你不会喜欢一个比自己小十岁的男人吧?你的一生也没有爱过小男孩。"

夜深人静的夜晚回归了寂静,我的内心却激动起来,已经忘记了昨晚底楼门外那只叫春的野猫的凄厉声音,当我看着柜子上面的大镜子里,乌黑直发垂肩,五官古典秀美,身材较丰满和充满女人味的自己,我竟然第一次对着镜子嫣然一笑,难道,和罗希有关吗?我不是多情的女子,但罗希给我带来了别样的感觉。这个世界多么奇怪,锦绣古镇的素颜美女肖芮在寂静的夜里想着那位头像都没有的在大洋彼岸的罗希。

但是,我明白,罗希像不速之客闯入了我的心房。

第十一章

雏菊的淡雅清香在卧室空气中弥漫，我在梦里的雏菊香中徘徊流连。突然，门铃清脆响亮的音乐响了起来，而且响了很久才把我从梦中惊醒。这时，已经是早上九点了，原来是客栈钟老板来帮我准备午饭了，我连滚带爬地快速穿衣，小跑着到入户门开门：

"肖妹儿，都几点了？按了门铃很久没人回应，你才睡醒？"钟老板一脸无奈道。

我用手梳理着凌乱的头发不好意思地说："不好意思，钟大哥，简直都忘了今天请客。昨晚我烤了蜂蜜小蛋糕放冰箱都准备好了，今早竟然睡得什么都忘了。"

"哈哈哈，幸好有我。"钟老板包容憨厚的大笑响彻了房屋。

我带领他走进厨房："钟大哥，我来帮你一起准备。"

他反而急了："算了，你帮啥子忙哟，你去吃点东西垫一下，午饭还早。"

我笑着说："好嘞，我煮点咖啡。"

"好嘛，我尝一尝你的咖啡。"钟大哥配合道。

我在厨房拿起咖啡壶煮咖啡，很快，一杯热咖啡就好了，这时，我感觉到了山里春天的凉意。

"钟大哥，我给你倒了一杯咖啡放在这里，我去客厅了。"

我说完，端着冒着热气的咖啡杯离开厨房，走进客厅，在玻璃瓶里拿出坚果黑巧克力，热咖啡和巧克力的早餐简单又美味，这时，我意识到自己没有洗脸刷牙，赶紧走进卫生间收拾自己，想到中午大家都要来，我第一次认真给自己化了一个淡妆，走进卧室更衣，我满意地看着镜子里身着牛仔裤和V领黑色薄羊绒衫的自己，黑发顺直过肩，眉目清秀，脸庞柔美，我又把带来的苏格兰羊绒大披肩披在肩上，这几天我自己开始注意形象了，之前患抑郁症那种不愿意看见自己脸的感觉消失了，我喜欢从镜子和玻璃里面看见自己的容貌，这种变化是女人自恋的表现，我感觉到了自己在期待着什么。

当我返回客厅时，咖啡已经冷却，我走进厨房加热水，看见钟老板有条不紊地准备着午饭，手脚麻利。我笑着说："真有两下子。"

钟老板得意道："其实，在锦绣古镇，谁家需要大厨，我就是免费乡厨，我喜欢做这些，呵呵呵。"钟大哥憨厚地笑着，阳光穿过窗棂照在他沧桑的皱纹上，他满脸红光洋溢着这里的乡土人情。我拿着加了热水的咖啡离开厨房。

我刚走到客厅，"咕咕咕"一声鸟儿的鸣啭声，我听见是在阳台处，我立刻推开阳台的玻璃大门，竟然看见了燕子在屋檐筑巢，顿时，一股充满希望的激情在我身体涌出，想起小时我喜欢唱的儿歌，看着不怕人忙碌的飞燕，我开始轻声哼唱：

"小燕子，穿花衣，年年春天来这里，我问燕子你为啥来？燕子说，这里的春天最美丽。"

有趣的是，我的歌声刚停，此起彼伏的鸟儿啁啾鸣唱开始了，对面森林的鸟儿仿佛是大合唱，此时，我很激动地想走到石桥上去，不过走上石桥我必须离开家走另一条路，我给钟大哥招呼也没打就悄悄离开家，很快走到了白色石桥，这时，时间是早上十点，阳光暖意融融，我披在肩上的苏格兰羊绒披肩捂得我发热，我站在白色石桥上看着桥下的溪流和右边的森林，情不自禁地迈开脚步想一直走向森林，刚走几步，我听见了哭泣的声音，我正诧异，顺着哭声走了过去，竟然看见虞洋坐在路边哭泣。

我立刻问道："虞洋，你怎么在这里？"

她用惘然的泪目看着我："我刚回锦绣古镇，可我不想回家，想到你这里，但昨晚喝醉了，我想散步走走清醒些。"此时，虞洋如凋零的花苍白飘零无力，我警觉道："他又打你了？"

虞洋无力摇摇头："不是打我，是带了一个女人给我看。"

"什么，他是什么意思？"

虞洋嘴唇发白干裂道："他让我接受他有新情人的事实。"

"十足的流氓，你还和他好？"我眼睛瞪圆道。

她竟然奇怪地笑了，一种很分裂的表情，我不解看着她。

苏醒

她接着说:"臭男人,肖芮,我是不是有病?我在省城有令人羡慕的工作,我放弃了,我一直在追求虚幻的爱情。哪里有爱情啊?"此刻,虞洋空洞绝望的目光让我痛惜,我看着她下巴的泪水流在衣服上,她身上散发着酒气,我搂着她的肩膀说:

"走,和我回家,洗个澡,吃点东西,今天中午是我请大家吃饭的日子,打起精神来,配合我。"

我搂着虞洋慢慢悠悠地走回了房屋,我安排她进卫生间沐浴,给她找来换洗衣物,这时,我走进厨房,看见钟大哥准备好了基础工作,端着咖啡杯喝了一口说:"好苦,不晓得为啥年轻人喜欢喝。"

"虞洋来了啊,她没事吧?这个女娃子神出鬼没地在这个锦绣古镇,不晓得她在搞啥子。"钟大哥说完,我看着他说:

"其实,虞洋曾经是电台节目主持人,很有名气哦。"

"后来,她选择了避世生活。"我的声音很轻,不想让浴室的虞洋听见。

"啥子避世,难道你也是来避世的?"

我笑了笑回答:"是的,我是轻度抑郁症患者。"

"啥子?一点也看不出来啊。"钟老板惊异的表情。

"其实,都不容易。"他叹气道。

"不过,今天大家好好聚聚,开心点,看我的手艺了。"钟大哥说完打开蒸锅,我看见了深红色的芽菜扣肉,不知为何,我竟然想起了父亲。因为父亲在世时，春节一定会烹饪这道菜。

我感激地对他说："真香啊，麻烦你了。辛苦了。"我离开厨房，走进客厅时，看见虞洋已经洗澡更衣穿上了我的衣服，她比我瘦，明显不合身，但她的脸色却比之前有了红润。

"肖芮，谢谢你啊。"

"虞洋，我马上给你泡杯绿茶醒酒。"

这时，她的表情有了一丝玩世不恭说道："醒酒？我好像一直没有醒来，一直在酒醉中，有时，我竟然忘记了曾经的我。我是谁？"

我有些担忧道："你这样不行，有时，我们游戏人生，人生也会游戏我们。"

"肖芮，我选择佛教，是想寻找答案。"

虞洋说到这里目光有了些许坚定，不知为何，我对虞洋总有不安的感觉，我很快泡好了茶递给她。

她嗅着茶香抿了一口，陷入沉默。

"你吃巧克力吗？"

她点点头，我随手递过巧克力瓶子时，我声音明亮地说："虞洋，我们一起布置一下客厅和楼下底楼餐厅。我想今天放开两层楼让大家休闲，底楼可以直达溪流，让大家踩水玩。"

"天哪，春天水凉，谁敢把脚放进水里啊。"虞洋反驳。

我立刻回答："我敢！"

苏醒

是的，我一直想把脚放在冰凉的水里，春天的山区和盆地不一样，早晚寒凉，不过，我内心一直渴望赤裸双脚玩水，这种想自我解放的念头时不时涌现。

这时，我想起了小花园的花朵可以采摘回来装点楼下的餐厅，我双眸掬着笑对虞洋说："我们去小花园采摘一些花束，把餐厅布置一下。"

此时的虞洋已经没有了宿醉的疲惫不堪，沐浴后脸庞红润，挽着我的胳膊就要出门，我却回头向厨房走去，我想给正在热气腾腾的厨房忙碌的钟老板说一声：

"钟大哥，我给你倒了一杯咖啡在客厅，你休息一下，出来喝咖啡啊，我和虞洋去花园一下。"

"好嘞，你们忙，我这就休息几分钟，基础工作准备完了。"

我看着钟老板回复后离开了厨房。

这时，时间已接近十一点，我的客人们十二点会陆续来到。

当我和虞洋走出房门，走进花园时，阳光灿烂得无法睁开眼，小花园大树不多，樱花树和葡萄架如花园的骨架般伫立，盛开的樱花在洁白的花瓣中印着点点胭脂红，花园的各种花全部盛开了。我高兴地对虞洋说："住进来一周了，我一次也没有打理过花园，前几天下雨，不用浇水了。"

"肖芮，你看蒲公英像太阳。"虞洋说着摘下了几朵。

而我想把不知道名字的星星点点的小黄花、小白花和紫色雏菊摘下来，很快，我们双手都拿着各种鲜花满载而归。

当我们走到底楼时，我发现一股潮湿气味，我赶快打开窗户透气，虞洋忙着插花，画家方华家里不缺各种花瓶，随手可得，长方形的餐厅，雪白的餐桌布，在我们两个女人手里变魔术般温馨起来，我对虞洋说："你去厨房把碗碟和筷子搬下来。"

虞洋离开后，不知为何，内心的孤独感又涌现了，好像缺少了什么，其实，我一直惦记着罗希晚上的微信上线，不知为何，期待罗希的出现竟然给了我孤独感。

这时，我走向门外，虽然天气明媚，靠近溪流边还是寒凉。我思忖着客人们午饭后到溪水边闲谈喝茶，我想把赤裸的脚放在水里。

"肖芮，你在干吗？进来帮忙。"随着虞洋一声大喊，我急忙返回，看着她在餐厅摆放餐具时嘟囔："方华不愧是个画家，你看这些餐具、小碟子和小碗简直精美，不知道贵不贵，画家真舍得。"虞洋说完撇了撇嘴。

这时，我们插好的鲜花摆在雪白的餐桌上，阳光从大玻璃窗外倾泻进来，洒满餐厅的每个角落，鲜花在阳光中鲜艳夺目，恍惚间，这一幕仿若在真实和虚幻之间。

我看着眼前的一切满意地说："好了，准备工作完成，我们上楼准备迎接我们的客人吧。"

当我们刚从底层楼梯上来，入户门铃响了，没想到第一位客人是李婆婆和李承，我推开门看着从感冒中恢复的李婆婆面色仍然苍白，我说道："李婆婆，看你恢复健康真好，脸色不太好哦。"

我扶着李婆婆，李承跟着走进客厅，这时，虞洋已经开始泡茶，她得意地说："肖芮，这是我带来的好茶，明前新鲜绿茶。"

她在茶杯里斟茶后分别端给我们，我感激地看着虞洋，这时的她端庄古典，没有了另类的反叛感觉。

此刻，阳光洒进客厅，我双眸含笑望着李婆婆和李承，他们安静地低头品尝清茶，我们都感受着画家方华的家和我打造的气氛。

"哎哟，李婆婆来了。"钟大哥从厨房走了出来热情地打招呼。李婆婆是锦绣古镇人人尊重的蜀锦艺人，这种心照不宣的尊重可以看出李婆婆在古镇的威望。

随着"铃儿响叮当"的门铃声再次响起，李英和母亲还有柱子也来了，柱子一进门大喊："我还要吃甜馒头。"

我的新家，画家方华租给我的临时的家，第一次如此有人气，大家陆续来到。

面对着人多我有点眩晕，好像已经习惯了独处，我热情接待大家，李英帮我端茶倒水，厨房里钟大哥忙得不亦乐乎。

正午十二点时，我的客人们已经全部聚在底层大餐厅里，因大餐厅的墙壁是厚厚的玻璃，阳光肆意照进餐厅，李英和虞洋帮助我把厨房的佳肴转移到底楼餐厅，我不停地叮嘱大家："下楼时小心啊。"

"李英,别把汤碗里的汤洒出来。"

这时,我像一个标准的管家婆,我热情洋溢,微笑点头,双眸含着温暖的光芒。片刻,大家围坐在长条餐桌,大厨师钟大哥把围裙解了下来,从容地和大家坐在了一起。

他得意地说:"我今天是肖芮美女的大厨。"

大家大声笑着打趣着大厨师钟大哥。

这是一桌地道的乡里人家的菜肴,简单美味,加上画家方华的餐具陪衬也华丽起来。

我们品尝着这些大家熟悉的菜肴,笑着,说着,很快,时间到了下午三点多。

此时,酒足饭饱的大家红光满面。我说:

"大家到溪流边喝茶吧,自己带着自己的茶杯,溪流岸边有椅子和桌子。"

我话音刚落,大家都开始行动。虞洋说:"我讨厌洗碗。"她反应敏捷地回避我让她洗碗,我看着她咧嘴一笑。

最后,我和李英麻利地收拾残羹剩菜,不到一个小时,我们在厨房清洗干净了餐具,此刻,我才感觉自己有点累了。我用温柔的目光看着李英说:"你去溪流边陪妈妈和柱子吧,我休息一下。"

此刻,我听见了楼底大家开心玩耍的此起彼伏的欢笑声,顿时,我内心有了满意的轻松感。然后,我离开厨房,走进客厅,拿起一杯已经完全凉透的茶喝了下去,这时,午后斜阳从大树的

苏醒

缝隙中照射进来，室内有着斑驳的光线，如舞台追光般的效果，几分梦幻。不知为何，我想到晚上和罗希的微信见面心中涌现丝丝甜蜜。在美国的罗希，我的笔友，就如我心中的一个彩虹般的梦，给我带来了如梦般多彩的期待，蓦然间，我垂头浅笑，放下茶杯后，匆匆到楼底陪我的客人们。

第十二章

当我走到底楼外的溪流边时,大家正在兴高采烈地聊天喝茶,我看着湍流的溪水和翻滚的雪白浪花对虞洋说:"美女,我忘了拿冰箱里的蜂蜜蛋糕,昨晚我烘焙好的,帮个忙,去拿吧。"

她不耐烦又无可奈何道:"好吧,大小姐,真烦人。"

溪流的水淙淙流淌,我看着李婆婆坐在椅子上向对岸眺望着山峦,此刻是午后时分,阳光明媚,青山滴翠,此景让李婆婆不由自主感叹:"眼前就是一幅蜀锦画啊。我的蜀锦手艺,是这里的山水给我的灵感和传承。"不远处,李承和柱子在一起玩水,水花四溅,他们无拘无束大笑,眼前的一切感染了我,这时,我脱掉运动鞋和袜子,挽起牛仔裤的裤腿,走进了冰凉的溪水中,寒冷刺骨的水冷得我颤抖一下,立刻,一种透心凉的舒适感传递全身,我控制不住大声对大家说:"哎呀,好冷,不过,真舒服。"

顿时,大家被我影响也纷纷脱鞋下水,他们冷得龇牙咧嘴。眼前一幕仿佛是我童年的某个片段,此刻,我只是毫无顾忌地展示自己内心想法,不需要包装自己,那个都市的肖芮此刻活了,活在锦绣古镇,活在山水之间,我哪里还像个抑郁症患者?

这时,我听见柱子看着我大喊:"肖芮阿姨,我和李承哥哥要去石桥玩。"

李承是大孩子,带着柱子去玩我是放心的,我点头看着他们:"知道路怎么走吧?"

他们还没听我说完,李承就拉着柱子的手跑了出去,走向前往石桥的小路。很快,我们就看见了石桥上两个男孩往森林的方向走去。

这时,虞洋也从楼上拿着一大盆蛋糕来了:"大家吃蛋糕喽,这是肖美女为大家特意烤的。"

我终于离开了冰凉的溪水,穿上袜子和鞋,眼前的李英母亲和李婆婆在讲述锦绣古镇的历史故事和家长里短,她们用乡音交谈着,声音忽高忽低,我隐约能听明白她们说的故事。这时,我拿起两个蛋糕递给李英妈妈和李婆婆。

李英妈妈接过蛋糕,还是认真地一口口地吃着蛋糕说:"真好吃啊,我不知自己能活多久,我想慢慢吃,记住每一口蛋糕的味道。"

瞬间,我的内心酸楚起来,我看着身患癌症虚弱的李英母亲说:

"阿姨,这是李英给我的蜂蜜烤的蜂蜜蛋糕,很甜,有一种花香味道,多吃点。"我目光凝重和温柔,看着李英母亲认真地吃蛋糕并点头,这个时刻,我觉得昨晚烘焙蛋糕的辛苦荡然无存,我用敬佩的目光注视着背负蜀锦艺术工艺技术传承的李婆婆,锦绣古镇有她们就有历史和故事,而我在纯净美好的大自然里,在朴实的古镇居民中,找到了内心的自我。

时间流逝得很快,这是美好的一天,大家在斜阳西下时,开心地谈笑风生,欢声笑语,我和虞洋、李英围坐一张桌子看着石桥,李英有点担心道:

"两个小家伙去哪里了?一会儿就要回家了。"李英的担心有道理,因为,我立刻听见了门铃音乐急促地响了起来,我也急着从底楼楼梯向上走到楼上入门处开门,看见了李承愕然失措和惊恐的表情,他咿咿呀呀比画着,此刻,他的模样吓坏了我,我知道出事了,我和李承快速下到底楼,我让钟大哥和李英陪我去看看怎么回事,李承的哑语让大家知道出事了,但不知发生了什么。都在担心柱子,没想到,所有人浩浩荡荡和李承离开了我的临时住所画家方华的家,李承一路上用惊恐的表情比画着,好像只有李婆婆听懂了他的意思,不过,李婆婆很镇定地对大家说:"柱子没事,但他们看见了一个死人!"

我一听见死人,身上就有一种冷飕飕的感觉,我怕血,怕死人,就是母亲去世咽气的最后一秒,我也怕得后退几步,身体颤抖不已。这时,李英因担心弟弟脸变成青紫色,其他人神色匆匆跟着大家一起快速行走,我们很快到了森林边缘,其实,只是走进森林里面的区域,大家看见了柱子吓得坐在地上嘴角淌着口水,他目光因惊恐发呆,因意外惊吓而无法站立,在柱子的前面，躺着一个血肉模糊的男尸，苟三娃的大黄狗蹲在他的尸体旁呜咽着，我一阵眩晕闭上了眼睛，立刻抓住虞洋的手，不敢正视尸体，我听见钟大哥在用手机报案，李英说："苟三娃被狗熊咬死了吧？你们看他的脖子，喉咙断了。"

　　李英妈妈抱着吓傻的柱子，胆小的我一直不敢睁开眼睛，不知为何，有一种力量呼唤我，让我鼓足勇气靠近尸体，的确，苟三娃是被咬死的，我看见了血肉模糊的喉咙，他横尸在地上血淋淋的一片，突然，平时帮着主人仇视我的大黄狗，蓦地站立起来，它的目光凄楚，可怜巴巴地看着我，我正想是否收养这条狗时，柱子一下扑到狗的身边，大家看着柱子关爱地搂抱着这条有身孕的母狗，此刻，它用渴望收养的凄楚双眼看着柱子，李英说："我们把狗带回家养吧，它很快就要生了。"

　　瞬间，我的双眸浸满了泪水，眼前生病的柱子，此刻，人性的美好和善良让他散发着人性的光环，大家在这个愕然失措的事件中看见了人性本真的善良美好在最弱势的人身上熠熠生辉，这时，钟大哥对大家说：

　　"大家赶快回家，我等公安局的车，我要保护好现场。"

　　这时，突发的惨案给锦绣古镇带来了恐惧和阴郁的氛围，大家急着回家，不想在案发现场逗留。最后，只有我和钟大哥没有走，我的目光回避着尸体，我是胆小鬼，害怕死亡的惨状，不过，有一种神秘力量吸引我在周围查看，果然，我看见了附近的熊猫脚印，这一定不是狗熊脚印，我大声喊叫："钟大哥，你快来。"我颤抖变调的声音把钟大哥也吓了一跳。

不过,他看见熊猫脚印却没什么反应道:"这些脚印能说明熊猫吗?当然,熊掌不是这样的,不过,熊猫又不吃人,即使这是熊猫的脚印,熊猫也不会杀人。"

我默默地用心数了一下这些熊猫留下的脚印,应该是几只熊猫的集体行动,而钟大哥用不可理喻的表情看着我,他一定觉得我莫名其妙。这个时刻,我脑海中像电影画面般重现了苟三娃家院子井边的水中血痕,出现了他昏暗的家里角落里麻袋里的黑色毛皮。这个猎杀熊猫的混蛋,终于被熊猫复仇杀死了。这时,我紧握拳头目光闪烁着愤怒的火焰,我把我的推理用一种愤怒的语调一股脑地说了出来……而钟大哥无可奈何地说:"肖妹儿,你受刺激了,不要胡思乱想,警察一会儿就来了,你赶快回家休息。"此刻,夕阳如血,洒满大地,殷红一片,蜿蜒的树木也变成血红色,这是生灵的复仇,我呼吸急促,情绪激动不已。

他一说回家,我才想起今晚是我和罗希晚上微信上线聊天的约定时间,不过,今天遇见这件事太诡异,此刻,我并不同情苟三娃的惨死,我认为这一定是因果报应的结局。

最后,我踩着夕阳西下的血红的霞光,身体哆嗦着却带着一种不可名状的力量回到了住所。此刻,天色已黑,我身体冰凉,满腔愤怒的感觉被房屋的温馨淡化了,因为,我心中期盼的罗希会很快与我在微信上联络。

这时,房屋被暮霭笼罩,我坐在客厅沙发上思绪万千,思索

苏醒

着刚才森林里的一幕,脑海中出现了曾经阅读的哲学书,德国哲学家康德的因果论。我相信,神秘的大自然,存在因果律来惩罚罪恶之人,万物皆有灵,万物都有保护自己的方式。

突然间,阳台敞开的玻璃门外一阵山谷的冷风呼啸而来,我冷得打了一个激灵,立刻起身披上了我的苏格兰羊绒方格大披肩。我本想关上玻璃门,却走上了阳台,走到尽头,看着暮霭笼罩的墨色峰峦,这个森林栖息着万物。我想起画家方华对我说:"你要把底楼的房门锁好,小心狗熊和熊猫进来。"溪流对面的森林,谁也不知道会有怎样的动物来到小镇,不过,我需要关闭好阳台的大玻璃门,好好洗个热水澡,等待罗希出现。

此时此刻,我才感觉自己疲惫不堪,一天的忙碌和接待客人,神经一直没有松懈,苟三娃的死亡让大家愕然,可我心里的感觉很分明,苟三娃死于熊猫复仇,他隐藏的猎杀熊猫的罪恶森林里的万物知晓,一切善恶有因果定律。

我小心翼翼地关好阳台的门,内心不放心地下到底层检查入户门。大家神色慌张离开,但也记住了锁好了入户门。这时,我才放心地上楼,走进卫生间,打开热水,我裸露着身体,让温暖的水沐浴着我。此刻,我看着镜子里的自己秀美端庄,形体均匀丰满,温水让我湿漉漉的头发贴着脸颊,我努力地让自己回归平静,片刻,我穿好蓝色棉布睡衣睡裤走到客厅,我只开了一盏灯,倒了一杯热水,无力软绵绵地躺在大沙发上,虽然昏昏欲睡,心情却激动地等待罗希。突然间,我感觉沙发在摇动,已经习惯地震的我没有马上起来,我数着地震时间,几秒钟,停止了,我所在的省常年都有一次大地震后的余震,大家都习以为常,甚至无动于衷了。

我淡定地躺在沙发上,"叮!"急促的微信提示声传来,我忙不迭地起身拿手机,我等的罗希终于来了。

"肖芮老师你好!"

这几天经历的事情跌宕起伏,此刻,罗希的出现让我恢复了平静。

"罗希,你不要叫我老师好吗?"

"好吧,小芮姐。"罗希调皮地回复。

"小芮姐,你好像几天没去'文学世界'打理论坛了。"

"是的,我很忙。"

"小芮姐,你现在在哪里?"

"我在锦绣古镇。"

"什么?从来没有听说过这个古镇,一定很有趣。"

"罗希,我离开了都市,辞职了,现在是无业游民。"

"哈哈哈,你真棒,真好啊。"

"为什么?"

罗希的回复和常人不同,我立刻追问:

"小芮姐,我有隐居的想法。"

这时,我嘴角轻扬微微笑了,接着问:

"罗希,你在美国哪里?"

"我父母在旧金山,我在大学读博士,我在读免疫医学专业。"

我的职业让我对罗希的专业并不陌生,我们有了很多话题,但我们真正的话题还是"文学"。

"罗希,你的古典文学基础真好,这是我所缺少的。"

"哦,小芮姐,这是我外公的功劳,我外公在台湾。我从小就学习唐诗宋词。"

"罗希,你为什么学生物医学?"

"其实,我的父母是建筑师,我选择学医是爷爷和外公,他们都是医学博士和医学专家。"罗希的台湾腔普通话很好听,感觉他学过声乐。我正在思忖,他立刻问我:

"小芮姐,你喜欢音乐吗?"

我偷偷乐了,我自豪地回复他:"我是抒情女高音,十八岁学习声乐的。"

他激动地回复我:"你好棒,我是音乐爱好者,我从小学习小提琴。"

这时,我才明白我为什么会期待罗希的出现了,因为,我们彼此相像,特别是有共同爱好。不过,好奇心让我想看见他的照片。

"罗希,你能发我一张照片吗?"

"小芮姐,你对我的模样这么好奇,我们下次就视频聊天吧,不过,我更喜欢心灵的交流。"

"小芮姐,你是美女作家。"

"不对,我是网络作家。"

"小芮姐,我看了你的采访文章,你的照片很温柔和秀美,我喜欢。"

"罗希,你别用文字调侃我。"

我不喜欢随意奉承的言语,的确,有不少男人用这样的语调和我说话,我其实很反感。

"好的,小芮姐,我明白了,你是对的。"

"小芮姐,我们约定好时间,三天后的晚上见面好吗?"

我和罗希的微信聊天在夜幕下逐渐拉近了我们的距离,今晚,我知道了他是美国一所著名大学的免疫医学博士,他的父母是建筑师,美籍华人,家里老人都在台湾。我期待和他三天后的微信见面,因为,视频聊天可以让我看见真实的罗希!

当我看着罗希下线后,已是深夜了,这一天,五味杂陈的心情,此刻,又涌上心头,一个快乐的宴请,一场死亡的惨案,一个我内心有强烈感觉是熊猫复仇的因果报应的事件,又一个罗希像天上的启明星和我遥遥相望,给了我希望和幻想。

这个晚上,我在身体疲劳和精神极度刺激下不但没有失眠,反而睡得很踏实,安稳。

第十三章

  这个晚上，底楼外面那只叫春的野猫是否来过，我也全然不知，我进入了深度睡眠，什么也不会打扰我，在睡梦里我在修复自己。不过，在梦中我隐约地听见那只叫春的猫又来了，它还是在底楼入户门外的角落里凄婉地叫着。远处，夜幕笼罩下的对面的森林和古镇稀疏的人家灯光遥相呼应，一种人与自然和谐相处，仿佛又是两个世界的画面。

  这个梦很长，我睡得很死……当我睡醒时，时间已经是翌日早上十点整，我睁开眼睛，就看见窗外的大雨淅淅沥沥，我在等待早上的大雨停止，我想走访锦绣古镇这条街和我有关的居民，我要把内心的感受和力量分享给他们。

  然后，我缓慢悠然地起床，走进厨房，从冰箱拿出剩余的蛋糕加热，我不知道这是午餐还是早餐，此刻，饥肠辘辘，当我拿着加热后松软的蛋糕刚吃一口，昨天发生的一切，仿佛被今天的大雨冲洗掉，我奇怪地有了一种力量，内心有一种强烈的想倾诉的欲望，倏然，我的手机铃声响了起来，我拿起电话一看，诧异

的是国外来电,当我把手机的免提打开时:

"肖芮,我是方华,哈哈哈,你好吗?"方华从英国打来了电话。

"大画家,你在国外逍遥,我很好,只是昨天锦绣古镇发生了惨案,不过……"我强烈地倾诉欲抓住方华又阐述了一遍关于苟三娃被熊猫复仇的案例。

他在电话那头不置可否道:"作家肖芮想象力就是丰富。"

瞬间,我明白了,我的感知很难让别人理解,方华继续说:

"肖芮啊,你给我的李婆婆的那幅蜀锦画《熊猫戏竹》真好,这次有几个欧洲的艺术品商家对蜀锦很有兴趣,我们正在进一步协商,达成共识后,我给你好消息。"

原来,方华是给我好消息的,当我们结束通话后,我内心那种激动的力量更加亢奋,很奇怪的是,此刻,窗外的大雨也戛然而止。我愉快地更衣,穿一身的休闲和简洁的衣服,轻松地离开家门,说实话,我只是知道虞洋住的位置,从没去过她家。

当我走出门,我的小花园在大雨的沐浴下一派郁郁葱葱,葡萄架的藤蔓缠绕、勿忘我和雏菊的淡雅芬芳、樱花树的洁白花朵和桃树的粉色花朵也争相斗艳。我仰望着天空,之前灰蒙蒙的下雨天,瞬间变成了清冽的蔚蓝天空,我大口呼吸着这样的空气,大步离开了我的小花园。

时间不到十分钟我就到了虞洋的家,我敲门,无人应答,我努力再敲三下门,虞洋慵懒的声音和她的脚步声一起走到了门前:

"肖芮，我还在睡，你有事吗？"虞洋惺忪的眼睛看着我。

"别睡了，起来和我去李英和钟大哥家去。"我说完。

虞洋就说："好吧，你喝什么茶，我先给你泡点茶。"

"不用了，很快午饭了。"

"我明白了，你是想去别人家蹭饭啊。"虞洋揶揄地笑了一下。

"不是，我今天想走访锦绣古镇居民，我从来都没有这么强烈的想法。"

"是吗？肖芮，我看你是神经病，昨天受刺激了吧？我昨晚一直不敢睡觉，一闭眼就是苟三娃的尸体。"

"好吧，我洗漱穿衣，你在客厅等等我。"

虞洋走进卫生间后，我坐在她凌乱的客厅的木沙发上，实在不习惯木沙发坚硬的感觉，因为我腰椎间盘有问题，我坐立不安地等待虞洋，我望向房间四周，衣服乱扔，客厅角落里堆放着很多高档化妆品和香水，餐桌上放着几瓶红酒和没吃完的面包，但有一张桌子供着佛像和香烛，虞洋的房屋和她本人一样混合出多种元素，房屋的凌乱和不拘一格，可以看出喜欢自己外表装扮精致的她不喜欢收拾居住环境。

片刻，她出来了，她化妆精致，服饰时尚，对我说："我们先去谁家？"

"谁家？当然是客栈钟大哥家了，昨晚公安局来人怎样处理的，我们不知道啊。"我不以为然地回答。

"我说肖芮，你真把自己当根葱了，你以为你是锦绣古镇治安官啊。好吧,我今天就陪你去完成你的任务。"虞洋无奈地摇头苦笑道。

"虞洋,你餐桌上的面包过期了吧?放了几天了?"

"我说你是光鲜出门,家里营造凌乱美。"我直言不讳道。

这时,虞洋才关注餐桌道:"哦,面包没有发霉吧?我回来再处理。"

热心恋爱的虞洋不在意生活质量。我几分担忧地看着她说:

"虞洋,你的生活也太没有规律了,要照顾好自己。"

"哎哟,好了,姑奶奶,别啰唆了,我们去客栈找钟老板,走吧。"

我和虞洋一起离开了她的住所,这时,蔚蓝的天空有了丝丝白云。

"你看锦绣古镇的天气,比女孩的心变得还快,昨晚到清晨还绵延大雨,昨晚我一晚都没睡好,苟三娃血淋淋的惨样总在我眼前晃悠。"

这时,虞洋慵懒软绵的说话声和雨后的清爽让我有点恍惚,因为眼前的景色太清晰澄明了,这是锦绣古镇的雨后风景。不过,陡然间,我感觉大地在我的脚下晃动,我以为自己头晕了,我转向虞洋,看着她,虞洋立刻说道:"地震了,晃得有点厉害。"这时,我们面面相觑站着等待大地摇晃的停止,几秒钟后,大地就停止了晃动。我叹气说:

"这是多年前的一次大地震的余震,余震已经延续几年了,我们都习以为常了。"

"不会有大的余震吧?锦绣古镇在山谷之中。"虞洋眉毛轻挑看着我几分担忧道。

我宽慰她:"没事,不会有事。"其实,我也不知道是否会有大的余震。只是我和大家都已经习惯了。

我们一边走着一边聊着就到了客栈。

钟大哥看见我就大声说:"时间正好,我刚煮好午饭,今天,家人去亲戚家了,就我自己,正无聊,你们来得刚好。"

我们站在客栈大厅,看着钟老板端着饭菜在厨房和大厅穿梭,我闻着香味走到餐桌,看见了我喜欢的回锅肉,开心地说:

"哇塞,太好了,青椒回锅肉。"

片刻后,我们三个人围着餐桌,餐桌上放着一盘回锅肉、一个鸡蛋番茄汤和一盘凉拌萝卜丝,钟老板的手艺真好,可以把平凡的菜做得香气扑鼻。

不过,我看见虞洋没什么胃口,我端着喷香的米饭吃了一口,钟老板用筷子把回锅肉夹到我的碗里,虞洋瘪了一下嘴说:

"看来,古镇上肖芮是明星,大家都喜欢她。"

钟大哥用哈哈大笑回复她,我美滋滋地吃了一块麻辣鲜香的回锅肉后打开了话题:

"钟大哥,昨晚,你在苟三娃的案发现场等了很晚吧?"

"是哦,几个小时,天色很暗时,警车才来,来了一车人。"他边吃边回复。

"哦,警察说了什么?"我继续问,探寻的目光看着他。

"根据现场侦查,苟三娃是被动物咬死的,应该是熊瞎子干的。人也死了,唉,这不是好事,我们不讨论了。"钟大哥说完继续吃饭,好像不太想和我讨论这个话题。

突然间,我把筷子"啪!"放在木桌上,他们吃了一惊望向我。

我目光坚定,斩钉截铁地说:"我的直觉和观察,这是熊猫复仇事件。苟三娃是熊猫集体复仇咬死的。"

钟大哥吃惊和无奈地看着我说:"这个?你这样说,警察不会觉得有道理。不过,苟三娃贩卖动物皮有案底,猎杀熊猫还没有嫌疑。"

"不对。"我接着把我和李英去苟三娃家里看见的所有画面和线索一一回忆和叙述了一遍,这时,他们两人只顾低头吃饭,不再说话。

不过,我说出来就舒服了,我相信自己的直觉,我也知道他们会认为有一定道理,只不过,没有公安局的最后消息,谁也不能说苟三娃是被什么动物咬死的。

钟大哥却担心我说道:"小肖,你晚上把门锁好,我们古镇紧挨着森林,很多事情很难说。"

这时,我想起了方华的叮嘱,心里思忖着,吃完饭,去李婆婆家告诉她好消息。

午饭后,我和虞洋吃饱喝足地告别了钟老板,直奔李婆婆的家,因为去李婆婆的家需要一段路程,我和虞洋沐浴在午后和煦的阳光下，一束束粼粼的阳光洒落在长满青草的泥土小路上，春风徐徐吹来，此刻，我们的心情也温暖起来。

"肖芮，我觉得你喜欢多管闲事。"

"是吗？我不觉得，我认为我喜欢思考。"

"哎，肖芮，我知道你是单身，有男朋友没有？"

"没有，爱情好像和我无缘，不像你，桃花运。"

"肖芮，我和你不一样，我就不相信爱情，只享受眼前，不过，男人容易迷上我，除了讨厌的画家方华。"

我心里偷偷乐了，人们说近水楼台先得月，虞洋像猫一样盯着眼前的鱼却吃不上。

"你笑什么？嘲笑我？"虞洋好像看懂了我的心思，白了我一眼。

不过，虞洋的问话让我想起了美国的罗希，这个罗希很有魅力又神秘，而且文采很棒，心里漾起了丝丝甜蜜。

我们不知不觉就走到了李婆婆的四合院。在门外就能听见织机工作的声音。

我推开了虚掩的入户门，我们直接走向织机房，李婆婆看见我们进来停止了手头工作，她示意李承继续完成工作，她带着我和虞洋到了客厅，端庄安静的李婆婆给我们泡好茶立刻问道：

"昨晚警察很晚到的吧？"

"是的，我们刚从钟老板那里过来，知道了情况。"我答复。

"其实，自古以来，锦绣古镇就有人猎杀动物，也有坏人诡异死亡的故事。"李婆婆说完漫不经心喝口茶。

我好奇地问:"只有你和我的感觉相同。"

李婆婆继续说:"万物有灵,因果报应啊。"

这时,我们都在低头喝茶,片刻,我把话题回到了正题。

"李婆婆,我是告诉你好消息的。"

"啊,什么好消息?"

"您送我的蜀锦画《熊猫戏竹》,我送给了画家方华,他带到英国去了。"

我说完,眸子掬着希望的光芒注视着李婆婆沉静如水的目光。

"他给我说,欧洲的艺术品商人对你的蜀锦很感兴趣,正在协商进行。"我说完后,我看见了李婆婆的目光有了丝丝激动和希望。不过,她依然平淡如水道:

"真是好消息啊。"然后,嘴唇嗫嚅微微颤抖看着我说,"谢谢你了,还有那个画家,我希望全世界知道蜀锦。"

这时,老人淳朴的希望触动了我的心灵,顿时,我的眼眶盈满了泪光。虞洋看着眼前一幕,赶快给每个人茶杯斟茶,我们又沉浸在安静中,每个人内心充满了温柔的情感和满满的希望……

我和虞洋离开李婆婆家后,我们最后走访的是李英家。因为昨晚的案件,锦绣古镇笼罩在诡异和阴郁的气氛之中,李英的面馆早早打烊了。

我是第一次到李英的家,不是虞洋带路,我可能要摸索很久。李英家远离锦绣古镇,在一片农田包围中,陈旧的农村住宅显然有了年头。不过,放眼看去,那些绿油油的菜地打理得井井有条,干净的院子能看出这一家人的朴素洁净。

李英看见我们来了特别高兴,柱子也开心地跟着我们嘟嘟囔囔,我看见苟三娃的大黄狗被柱子照顾得很好。

李英领会到了我的目光,她温柔地说:"柱子可喜欢这条大狗了,不过,我心里犯怵,因为是苟三娃的狗。"

这时,李英妈妈接话:"孩子,你不能因狗的主人不好,对他的宠物就反感,其实,狗对每个主人都忠诚。"

我很好奇地看着这条大黄狗,它凶悍的眼睛变得温柔和楚楚可怜,这时,我走到它身边,用手摸摸它的脑袋,它温驯地望着我,我抚摸它怀孕的腹部,柱子对我说:"大黄快生娃娃了!"此刻,我看着柱子的目光和表情,他的那种没有善恶之分的善良和人性最自然的善良天性,他在阳光下肆意傻笑,此刻,人性的美好画面永远地定格在我的心中。

不过,瞬间,我的内心出现苟三娃死亡的惨象,也感知到了那些无辜死亡的生灵。我默默说:"是熊猫复仇咬死了苟三娃。"

所有人不解地看着我,只有李英点了点头对我说:

"肖芮姐,我今天晚上到你家,还想借几本书。"我明白,李英想和我单独谈苟三娃之死,因为,李英是个充满灵性的女孩,而我们去苟三娃家的那一幕,她和我应该有一样的感知。

我们离开李英家时,李英母亲从菜地摘了一篮新鲜蔬菜,我看着娇嫩的菜叶,瞬间,内心涌起了温暖和感动,我的目光扫向香椿，又看着李英母亲说：

"谢谢阿姨，我今晚可以做香椿炒鸡蛋吃了。"

此刻，我内心无比轻松，我们走在归家的道路上，脚步踏着心灵无声的节奏走在路上，虞洋回到了自己住处。

不知为何，我内心泛起丝丝甜蜜，因为，过几天我又能和罗希微信见面了，而且，我们是约好视频聊天，好奇心和期待让我脸颊发烧，我的大脑想象着罗希的模样，他会和文字一样忧郁吗？形象英俊吗？既然是笔友我为何期待他的形象？我自嘲地摇摇头，当我回到自己住处时，我在自己的小花园里停留了很久，因为，锦绣古镇的午后时光美好宁静，湛蓝苍穹下，我想看着花儿和草儿在阳光下舞蹈。

第十四章

　　黄昏时分,厨房里,我在翻炒香椿炒鸡蛋,烟火人家,袅袅炊烟的傍晚最有生活的气息。也许,这是大山里的香椿,格外清香,土鸡蛋的美味和香椿混合成一道垂涎欲滴的下饭菜,接下来,我用新鲜的辣椒炒了一个虎皮青椒,这时,电饭锅里的米香四溢,我也饥肠辘辘,今天,我拉着虞洋奔波了一天,走访的古镇居民都是我的好朋友,其实,我只是想传递我对苟三娃死亡的看法,当我把心里想说的话倾诉完后,却如此身心轻松。

　　这时,我望向厨房的大玻璃窗外,夕阳西下,橘红色的夕阳余晖印染了叠嶂的山峦和墨色层林。眼前一切,如梦如画,我感动于此刻的大自然的美好,很快,我的晚饭煮好了,今晚,我决定在大阳台上吃晚饭,我要把自己融入夕阳余晖印染大地的橘色之中。

　　这个晚餐如此美好,我在阳台慢慢地品尝我的朴素简单的美味晚餐,锦绣古镇的夜晚开始冷了起来,春天的晚风也强烈地吹乱了我的乌黑长发,很快,菜就冷了,这样的夜晚,冷菜、冷饭

苏醒

都是美好一餐。

我看着晚风吹动对面的森林的树木在婆娑摇曳，橘黄色的梦幻，我眼前的大自然，这片森林里面很远的地方是怎样的？因为，我还没有进入这片很近的森林的深处，锦绣古镇好心的居民告诉我不要走进森林的深处，会有动物，不安全，但我知道，我的对面有个地球的世界，是大自然的世界，是万物生灵生存的世界，万物有灵性，我和李英第一次到森林捡蘑菇偶遇熊猫的奇特回忆，我一直觉得不真实，我和李英对此事心照不宣地缄默了。此时，我的晚饭彻底冷了，我也吃饱了，晚风冷飕飕地吹拂我的脸颊，我感受着这种惬意。片刻后，我起身收拾残羹剩菜，我想好好洗个热水澡，等待李英的到来，我知道我和李英有很多话需要沟通和讨论。

当我在卫生间沐浴时，我想起了我的香烛，我围着浴巾走到客厅拿了一瓶法国杜松和薰衣草香烛，我喜欢植物气息，我用火柴点燃了香烛，在香烛的烛光摇曳中慢慢返回浴室，薰衣草的香气弥漫在浴室内，花洒的热水很快弥漫出热气腾腾的蒸汽，我看着镜子里自己的身体，瘦了，但依然不失女性的丰满，我知道自己有一张古典娟秀的脸庞，此刻，乌黑秀发在水流的自然流淌下湿漉漉地贴在脸上，脸颊却红润带着希望的光泽。

当我沐浴完后，夜幕已经降临，我把香烛移到大客厅。我关好了阳台的玻璃门，反锁好，为了迎接李英，我沏好茶，内心感谢方华留下很多好茶，我选了西湖龙井，为了不影响睡眠，淡淡的绿茶最好。

今晚，我感觉时间过得很慢，在我头发半干半湿时，李英来到了我家，我知道她借书是借口，她一定是和我谈苟三娃的死亡案件。

李英踩着夜色来到了我的住处，我看着她弯弯的笑眼忘记了忧愁，我和李英是锦绣古镇里最好的姐妹和好朋友，我们对文学的爱好，美女之间的惺惺相惜，我更欣赏她的善良和担当。李英对我来说，是锦绣古镇的一缕阳光，给了我温暖和希望。这时，我的房屋里弥漫着薰衣草的香熏味道和绿茶的清香。

我和李英在客厅的布艺沙发上相对而坐，开始，我们低头啜饮清香、温热的茶水，这种美好的安静延续了几分钟后，李英用她秀美的双眸，嘴唇变成优美的弧形，看着我轻轻说道：

"肖芮姐，我和你的直觉一样，虽然，我没有你敏感，我觉得苟三娃死得蹊跷。"

我放下茶杯说："你还记得我们第一次到苟三娃家时看见的麻袋吗？里面是动物的皮毛，他拼命阻止我们走向麻袋，但我看见了黑色的皮毛。"

李英也确定地说："我也看见了。"

"李英啊，有些事情有逻辑和直觉，没有证据，但我相信自己的直觉。"

李英蹙眉道："那天晚上，我们都离开了苟三娃的死亡现场，你和钟大哥留下了，你真的看见熊猫脚印了？"

我点头说:"应该有好几只熊猫的脚印。"

我说完又端起茶杯说:"这是熊猫的复仇行动。"

我的目光迎着李英诧异的目光道:"这是因果报应。"

我接着说:"不过,李英,今晚,我们不谈苟三娃的死了,我想知道你的理想是什么?还有你的感情。"

我说完后,喝了一大口茶水,李英看着我浅浅地微笑,我喜欢她微笑的淑女模样。

她羞涩地回复我:"肖芮姐,我还从来没有谈过恋爱。"

"也许,我离开锦绣古镇会谈一场恋爱。"

她说这句话时声音很轻,很向往,很无奈。

"嗯,李英,我希望你以后走出锦绣古镇,我来帮助你。"

话音刚落,她接话:"肖芮姐,妈妈的病说不定哪一天恶化,我暂时不移动了,谢谢你的好意。"

"不过,肖芮姐,我最近开始写散文了。"

我眼里闪烁着希望的开心的光芒道:"真的?太好了。"

接着说:"你一会儿离开时,带上几本书回去好好阅读,你会有收获的。"

"肖芮姐,认识你真好。"李英温柔的声音接着问我,"肖芮姐,你为什么来锦绣古镇?"

其实,我很怕别人这样问我,此刻,李英秀美真挚的眸子望向我时,我回答她:"李英,我是病人,正在恢复。"

她惊讶的目光闪烁着担忧道:"啊,什么病?"

我无奈道:"轻度抑郁症。"

我接着说:"不要担心,我来锦绣古镇这几天都快康复了,睡眠很好。"

这时,她点点头说:"肖芮姐,每个人都不容易啊。"

此刻,李英柔美、恬静的脸在烛光下宛如一幅油画,美好定格在这一瞬间。我轻言细语问她:"李英,你可以看看哲学书。"

她点点头,这时,我用简单缓慢的语调仿佛自言自语,又仿若和李英对话,我双眼释放着平和的光道:

"我看的哲学书不多,充其量算是一个西方哲学入门者吧。"

"我是无神论者,因为,至今我也没有选择宗教信仰。"

"但我相信哲学和科学。"

"我相信万物有灵,不论植物还是生灵,我们人类的至今也不知植物是否有感情,对吗?"我说完,端起茶杯喝了一口茶继续说,李英点点头专注地听我说话……

"动物的语言人类不懂,但动物世界的智慧我们不能小觑。"

这时,李英用欣赏的目光说:"肖芮姐,你懂的真多。"

我不好意思回复:"其实,我喜欢多看书而已,和你一样。"

"德国哲学家康德的因果性理论,我读了一点没有深入理解,但我记住了这句话。"

"康德说:按照因果律的时间相继的原理:一切变化都按照因果连接的规律而发生。"

这时,李英似懂非懂地目光坚定地说:"苟三娃的惨死也许就是他罪孽太深，这个坏蛋不晓得杀了多少动物。听说，熊猫皮可以卖很多钱，也没见他富起来。"

我立刻说："我们看见的苟三娃的生活，可能是他刻意保持的状态。"

"肖芮姐，你还好心担心他患什么罕见病。"

"哦，这是我的职业习惯。"

李英笑了，她说道："我去选书了。"

我微笑答复："好，你自己挑选，我在这里等你。"

我看着李英轻盈的背影，脑中又出现罗希的文字，我开始努力想象罗希的模样。

片刻，李英拿着几本书走了过来，她目光向往地说："我选了几本爱情小说。"

然后，她调皮地看着我道："肖芮姐，你有爱的人吗？"

我摇头，然后说："目前还没有，爱情真是个难题。"

"不过，李英啊，我希望你享受一次恋爱。"

瞬间，李英的脸唰地红了："说啥子哟，谁能看上我，上有患病母亲，下有弱智弟弟。"

此时，李英美丽的眸子里泛起了淡淡忧愁。我立刻说："傻姑娘，你离开这里，外面世界很大，你会遇见爱你的人。"

李英笑了，她的笑有无奈，有期盼，更有一种羞涩。我看着眼前正值芳华的善良女孩，内心有一种深深的怜悯，更有一种想帮助她的力量，我想帮助李英离开锦绣古镇，这个想法我没说出来，我知道，目前的情况，我不能说，因为，我自己还是一个轻度抑郁症患者，我首先自己要恢复健康，我有足够的力量才能帮助别人。

在夜幕出现繁星点点时，李英踏着星光回家了。

此刻，我才倦意袭来，我相信，今晚我一定安然入梦。我看了一下时间是深夜十二点整。

我快步走进卧室，准备更换睡衣入睡。当我刚穿上睡衣裤时，一声猫叫声传入我耳中，因为不是猫叫春的凄厉声，这样的深夜，这样的猫咪叫声有一种哀怨的感觉。我准备不搭理，刚上床，一声接一声的"喵喵喵"叫得我心软，我只好起来穿上外衣，走到底楼看看。

当我推开底楼入户门时，借着外面微弱的光线，我看见了这还是那只叫春的灰猫，不过，今晚，它不再发出凄婉、惊悚得如孩子般嘤嘤啜泣的猫特定的叫春声音，而是温柔的想依靠我的猫咪的呼唤，它想让我注意它。夜晚的山谷中的锦绣古镇是寒冷的，我看见它瑟瑟发抖。因为它是灰色的，和我童年抛弃的那只小灰猫很像，我对它有着纠结的情绪。但今晚，在皎洁月空下、在微弱的光线下和湍急的溪流的流水声中，眼前一切，是那么温柔和美好。我走向匍匐在角落里的灰猫，伸出手抚摸着它毛茸茸的身体，仿佛回到了我的童年，回到了那只被我抛弃的灰猫身边，此刻，它温顺乞求的目光仿佛说："带我回家，给我温暖吧。"

也许，它是弃猫，是野猫，但此刻，它是我的小灰猫，我把它抱回了家。我把它放在楼梯台阶下，它依偎着向上走去，带着它走进了一楼的厨房，从冰箱找出牛奶和鱼罐头，我把牛奶倒进小碗给它喂食，我看着它咂巴着牛奶，喝得香甜，瞬间，我童年的灰猫回来了。我内心一直愧疚的萦绕在记忆里的一件事情，就是童年抛弃灰猫的阴影，今天，我终于和自己和解了。

我在客厅给灰猫安置了一个小窝，给它起了一个名字叫"灰灰"，从此，画家方华的住所，我租下的临时的家，终于有个伴了。

这时，夜已深沉，我看着灰灰安静地躺在它的小窝里，我才走向我的卧室。

我在卧室的大玻璃窗前伫立，凝望着夜幕下黑黢黢的在星光照耀下只有轮廓的峰峦叠嶂，仿佛是另一个世界，而我的世界，我的内心逐渐和自己和解，成长的阴影在命运的引导下，可以自我救赎和自我和解。

今夜，星光灿烂，我睡了一个甜蜜好觉，因为，我心里还有个甜蜜的期望，和罗希微信视频见面。

第十五章

今天,我的心情特别好,因为,今晚要和罗希微信见面了,而且是视频见面。我带着好奇和激动的心情从早上起来就忙个不停,小猫灰灰的到来,给这个临时住所带来了生气,它上蹿下跳不亦乐乎地奔跑,我的临时的家不再冷清,猫咪灰灰围绕在我身边撒欢。

时间仅仅过了几天,人们不再被苟三娃的死亡阴影影响,也许,和苟三娃在这个古镇的为人有关,人们好像逐渐淡忘了他离奇的死亡。

这一天是锦绣古镇赶街的日子,其实,就是山民们在指定的区域兜售自己的农贸产品,对我而言,这一天,因为要和罗希微信视频见面,内心涌起了甜滋滋的期盼。早上九点整,我就独自走到街上指定的赶场区域选择新鲜蔬菜,大山里的蔬菜因为日照时间长,特别清甜,我要买够绿叶菜回家,还要买一些小鱼作为灰灰的食物。

此时,我在热闹的充满乡土气息的菜市场闲散行走和选购食物，眼前各种蔬菜和食物的缤纷色彩一幅田园的画面，我快乐地采购，和老乡们闲聊。

"妹妹，买一只土鸡吧，是我放养的。"一位憨厚的农家大姐对我说。

"好吧，来一只。"为了炖鸡汤，我买了松茸。

很快，我满载而归，归家后，我先去厨房炖松茸鸡汤，这时，我想到了请虞洋午饭过来喝鸡汤。她接到我的电话很开心，欣然答应我的热情邀请。

而我在厨房忙碌一阵后才安静下来，责任驱使我打开电脑登录"文学世界"，我认真地打理我的文学圈子。当我看见一个接近万人的论坛时，内心感慨万千，我认真阅读来自世界各地的华人的文字，内心很触动，"文学世界"吸引着全世界华人和文学爱好者挥洒文字，妙笔生花，而我这个管理员好像不够称职。

这时，我看见美国华人科学家韩立明教授给我的文章的留言：

肖芮：

你好，你写的随笔《高原蒲公英》深深地打动了我，这样真实的故事被你优美的文字书写后，让全世界知道了青藏高原这样美好善良的故事。都市的白领一族也有一直坚持公益活动的志愿者，而我作为早年游学海外的学者，一直有回报祖国和亲人的感恩之心，你写的故事感动了我，感谢你挥洒热汗管理文学世界，我想告诉你，我研究的新药已经有了突破，这是癌症靶向药的研究成果，如果有结果，我一定回国报效祖国，到时，邀请你做市场准入，加入我的团队。

韩立明

韩教授简短的句子让我感慨万千，为海外游子的中国心而感动。我给韩立明教授做了简短回复：

韩教授：

你好，很幸运，文学世界有你这样的科学家，是我的荣幸，在中国，有很多可歌可泣的感人故事，我的文字只是书写了我知道的故事，写作者的责任应该传递正能量。韩教授，我和祖国还有同胞们欢迎你。

肖芮

自我在职场遭遇打压患抑郁症后，我就忽略了对"文学世界"的管理，我并没有太用心去打理，因心情和身体状况，但所有会员给了我极大的包容和理解。

我打理完"文学世界"后，就离线关闭了电脑。我开始准备我的午饭，我先给灰灰准备食物，把煮熟的小鱼和米饭混合，看着灰灰吃得很香，我才开始准备我的简单午饭。这时，松茸炖土鸡汤的香味已经溢出厨房，虞洋提前到了，我开门时，她就大呼鸡汤的香味。

"肖芮,我好饿,快给我一碗汤喝。"她扭着腰肢慵懒地说道。

片刻,我端着一碗鸡汤从厨房出来,她安逸地在客厅享受我的鸡汤,这时,她才看见我的小猫灰灰。

"哎哟,肖芮,你从哪里捡回一只猫啊,灰不溜秋的不好看。"她吸溜着鸡汤奚落我的灰灰难看。

我却笑了,我看着她说:"灰灰很像我童年时抛弃的那只灰色的小猫,也许,它就是那只猫,又找到我了,我必须补偿善待灰灰。"

"哟,你说得有点悬,也有道理,我能给它鸡肉吃吗?"

"不行,有骨头,我已经给它吃饭了。"

我扭身返回厨房,烹饪我的小菜,凉拌菠菜和青椒肉丝,这时,喝完汤的虞洋也走进厨房,她看着我说:"你穿围裙的样子真像大妈。"

"哈哈哈,我的年龄就是大妈了,四十岁的大妈。"我大笑道。

"肖芮,你的脸上没有岁月的痕迹,看着就三十多岁,你看你的皮肤白嫩得吹弹即破,你不谈恋爱可惜了。"她可惜地叹息道。

"虞洋,我不会刻意去找恋人。"

"肖芮,我不能没有恋爱,我总是不断地寻找。"

"对了,虞洋,我来锦绣古镇没带化妆品,你能借我你的吗?"

此时,虞洋狡黠地一笑:"哼!还说不谈恋爱,和谁约会啊?"

"我和笔友今晚视频见面。"

"好吧，吃完饭，我回家去拿。"

"不过，你要小心网络骗子。"

"放心，我们是'文学世界'认识的。"

"哦，这样啊，我真羡慕你，有一群共同爱好的朋友从世界各地聚集在一起，真好。"

我和虞洋的午饭很可口，她吃饱喝足就匆匆回住所把她的化妆盒给我送来了，她放下东西匆匆离开。时间过得很快，在傍晚时，我已经按捺不住激动的心情，开始梳妆打扮，为了晚上和罗希视频见面，一个视频见面我就高度紧张得注意自己形象了，可见罗希在我心里的分量。

我穿了一件带着白色领子的藏蓝色薄羊绒衫，让秀发自然垂落，淡妆的我没有忘记给卷了的眼睫毛用了睫毛膏，秀目立刻炯炯有神，眸子掬着一潭碧水，我没想到自己竟然这么好看，看来女人是要穿衣打扮的。

夜幕降临时，罗希如约而至，我看着他出现在微信上发来一句：

"肖芮姐，不，小芮姐，我来了，你准备好了视频吗？"

罗希调皮的一句话逗得我笑了，我回答：

"准备好了。"

当我们的微信视频连线后，我看着镜头里英俊的罗希有些诧异，因为，他不是我想象的忧郁的沧桑的成熟男子，他很年轻，英俊的脸庞棱角分明，但又知性儒雅，刹那间，我像个小女孩被他迷住了。

罗希在视频里潇洒地微笑道:"肖芮姐,你看见我失望吗?"

罗希的声音很动听,阳刚充满男性魅力。

我嘴角轻扬,眸子里掬着温柔道:"罗希,你比我想象的帅。"

"你在美国长大,中国话说得很好,京腔京味。"我说完后望着摄像头里的他。

罗希用绅士的表情看着我说:"肖芮姐,你的声音真动听,一听就学习过声乐。"

我微笑着注视他:"你说对了,我从小学习声乐,我是抒情女高音。"

"哈哈哈,太好了,我们的共同爱好又多了一个。"他笑着爽朗地说道。

然后,他接着说:"肖芮姐,我不想用外在条件和人建立联系,我想寻找人与人之间心灵的交流。"

"不过,肖芮姐,视频里的你比照片年轻美丽,真好。"

被人夸奖的感觉真好,此刻,视频里的罗希仿佛就在我身边和我畅聊。

"小芮姐,我还是称呼你小芮吧,你看着和我差不多一样的。"罗希这样一说提醒了我,我和他年龄有巨大差异。

"罗希,我比你大十岁。"

我的话音刚落,他就在视频里笑着,一种火热和欣赏的目光,他的大眼睛充满着知性和智慧的光芒,刚毅有线条的下巴使他充满男性魅力。

"小芮姐，你教我写小说吧。"

"罗希，你可以学习写小说，不过，我感觉你想象力不够。"我在视频里毫不掩饰地看着他说。

"不对，我要突破想象力写小说。"他反驳道。

"小芮姐，你除了文学，平时，也喜欢唱歌对吗？"

他这样一说，突然间，我沉默了，因为，我很久没有唱歌了，那个在厨房洗碗都唱歌的肖芮仿佛消失了。

这时，罗希在摄像头里看见了我的沉默，突然间，他站了起来，我才看见他很高大，他站起来说：

"小芮姐，我去拿吉他，给你伴奏，你唱歌。"

我注视着他健美、高大的背影时，突然间，我内心泛起倾慕之情。

很快，他抱着吉他走了过来，笑吟吟地在摄像头里看着我说：

"你可能不知道，我是一个摇滚乐队的吉他手，因为博士学业太忙，我才暂时离开了乐队。"他浑厚的男中音让我有点眩晕。

"小芮姐，你唱歌，我来给你伴奏和弦。"

此刻，我看着摄像头里的罗希有着几分天真和不羁，他像一束阳光照亮了我的孤寂内心，我开心地笑了。

"小芮姐，你笑起来很甜美。"他淡定地看着我说。

"废话，你没看见我有两个酒窝吗？"这句话我憋在心里了。

"Well，小芮姐，期待你的歌声。"

我沉默了片刻，不知道应该唱什么歌曲，不过，我马上想起了红楼梦的歌曲《枉凝眉》。我故意清了一下嗓音说："好吧，我要清唱，你不要伴奏了。"我很自信自己的抒情女高音。

一个是阆苑仙葩
一个是美玉无瑕
若说没奇缘
今生偏又遇着他
若说有奇缘
如何心事终虚化

当我清丽、甜美和悠扬的歌声停止后，视频里的罗希呆呆地凝视我，然后，他充满深情地说："你的歌声太美了，这个旋律有点像昆剧，芮姐，这个时刻，你真像林黛玉，曹雪芹的诗词很美，你唱得更美。"

"你竟然还知道昆剧？不过，我不喜欢林黛玉，她太柔弱了。"我立刻否定。

"是的，我虽然在美国长大，但我喜欢祖国的各种文化和历史，芮姐，你应该看过红楼梦吧？"他接着问。

我觉得他故意测试我的文学基础，我撇了一下嘴角，自信地读了一句红楼梦太虚幻境的话。

"假作真时真亦假，无为有时有还无。"

"罗希，你觉得我们虚幻吗？"我问道。

瞬间，罗希的表情凝固了，他喃喃自语道："小芮姐，你相信一见钟情吗？"

我回复："不相信，来得快去得快的感觉不真实。"

突然间，他说出一句："小芮姐，我可能会爱上你。"

"小芮姐，我们每天上线视频吧，我尽量找时间。"

我内心欣喜却故作矜持道："不好吧？我怕影响你学习。"

他急着解释："不会的，我除了完成博士学业，也在医院病理中心实验室工作，每天忙得睡觉时间都不够，但不论如何我能抽出时间和你说说话，我能控制好时间，小芮姐，今晚我们就聊到这里好吗？"

我调皮地说："好的，不过，罗希，你明天应该给我唱歌。"

他在视频里咧嘴笑了，虽然视频里的人看着变形了，罗希的英俊和儒雅还有一种桀骜不驯的自负却真实地出现在我眼前。

当我和他关闭视频时，这一瞬间，我有了一种缥缈和真实的感知，我和罗希就如天上的繁星，如果没有机缘，我们应该永远不会相遇，却因文学的引力场，我们在这个引力场相遇了，我们彼此欣赏和吸引，这是友谊还是爱情？我不知道，但我知道，从今天开始，罗希会每天出现在网络，现代化的高科技让我们远隔重洋却每日相见，这样神奇的缘分让我欣喜并充满了期待。

那个内心孤独的肖芮不会孤独了，那个在职场遭遇打击身患抑郁症的肖芮在锦绣古镇慢慢康复，罗希的出现仿佛唤醒了我已经遗忘的爱情，我有了美好的期待。

此时，窗外已然夜幕低垂，夜深人静，而我却激情澎湃，没有了睡意。此刻，我是欢喜和快乐的女人，我披上我的大披肩，打开阳台的大玻璃门，推开门，迎面就是山区的晚风，呼啸地扑向我，因内心的激动和温暖已然感觉不到寒冷。我径直冲向阳台延伸的尽头，伫立在大阳台尽头的栏杆边，凝望眼前的夜幕下一片黢黑山林。因为夜空的繁星，山峦丛林的轮廓忽隐忽现，但阳台下面的湍流的溪水仿佛在涓涓歌唱，此时，风冷冷地吹散了我的直发，我情不自禁地向阳台外伸出双手，大声喊叫："锦绣古镇，你好……"没有想到，大山竟然传来了我的回音："锦绣古镇，你好……"对面黢黑的峰峦叠嶂的绵长的回音给了我梦幻的感觉，但我却真实地伫立在这里迎风高呼，这个美好夜晚，那个在都市抑郁的肖芮恢复了往日的快乐。

这是我发自心灵的呼喊，是内心的快乐的释放，罗希让我充满了期待，那个尽头也许就是幸福。此刻，那个在都市抑郁的肖芮的灵魂苏醒了，有了期待和爱。

蓦地，我感觉脚上暖融融的，原来，猫咪灰灰跟着我跑到阳台。它依偎在我的脚下，和我一同感受我的心情。我蹲下抱起了灰灰，山区的夜晚随着夜深越来越冷，我和灰灰返回了屋内。

第十六章

　　自从我和罗希微信视频见面后，也许是视频相见的原因，拉近了我们的距离，我和他开始了每天微信视频聊天，不论罗希学习和工作怎样忙碌，他总能找到时间，哪怕几分钟，他也争分夺秒地和我说说话。

　　一个美好的午后时光，我在暖洋洋的午后阳光穿过大玻璃窗照射的客厅里，斜靠在沙发上，正手捧日本作家川端康成的小说《雪国》阅读。这几天，我内心也思忖和计划着开始创作我的新小说，不论出版社是否会出版我的科幻小说《彩虹之上》，我也不能停止创作。

　　此刻，我专注地沉醉在作家优美细腻的文笔中。"叮！"的一声，微信传来了语音提示声音，我拿起手机，原来是罗希发过来的语音。我唇角微微上扬地浅笑着用手指点击语音，顿时，传来了罗希唱歌的声音。我是第一次听他唱歌，没有想到罗希的歌声如此好听，有点男中音的浑厚，不过，他唱的歌曲我从来没有听过。

西山苍苍,滇水茫茫,这已不是渤海太行,这已不是衡岳潇湘……

我对罗希唱的歌曲里的歌词充满了好奇,立刻发语音问他:"罗希,你唱的是什么歌曲?"

他打来文字:"肖芮姐,这是西南联大的歌曲,我的家人传给我的。"然后,继续发送文字:

"小芮姐,我在医院实验室的卫生间给你唱歌的,现在是休闲时间。"

立刻,我的眼前出现了罗希穿着白大褂在实验室卫生间马桶上给我唱歌的滑稽模样,我抑制不住地笑起来,立刻回复文字写道:

"博士同学,请你专心做实验,不要三心二意。"

这个时候,我明白了,罗希的爷爷是西南联大的医学专家,我也明白了罗希为什么大学学习的理工专业,后来又学习医学专业,攻读了两个学位,现在读免疫医学博士的原因了,因为,他出生在医学世家。

罗希的出现给我的生活带来了阳光,每天的日子都消逝得很快,我也忙碌得实和开心。我经常会收到他发来的语音,他在用微信语音给我唱歌。每天清晨,我睡眼蒙眬醒来时,就会看见他优美的文字,有情书,也有他写的文章,罗希的文章古典而优美,情感火热奔放,他为我的写作准备了很多文字资料给我参考,我和他互动频繁起来,我深深地感觉到了我和罗希开始相爱了，这样的相爱来得迅猛和猝不及防，让我欣喜和担忧，罗希的主动越来越明显，在他的热烈追求下，我们快速进入了热恋，网恋是柏拉图般的精神恋爱，摄像头的见面已经无法满足我们，罗希开始计划来看望我，而我面对一起的严峻拒绝和否定了他的每一次不切实际的计划。

随着时间一天天地过去，我的快乐一天天多了起来。我的变化让锦绣古镇的人们有所察觉，特别是李英和虞洋。终于，她们两人约好和我到石桥见面，想让我摊牌。虞洋的借口是：

"肖芮，这几天没有下雨，天气真好，我和李英想约你到森林附近野餐，就是晒太阳，我负责咖啡，李英准备玉米馍馍，你烘焙一点点心吧，明天，我们在石桥碰头，嘻嘻。"

我会心地笑了，我知道虞洋和李英的意思。的确，我和罗希开始网恋的日子里，我忽略了友情，虞洋的电话让我想和她们一起聚聚，一起谈笑风生，一起畅谈，我需要倾诉的对象。

在美国旧金山的罗希在激情燃烧下绞尽脑汁地想办法，他想在疫情弥漫的世界局势下，冲破风险来看我，我为了安全和不给彼此带来风险，一次次给他泼冷水打消了他的念头。

才华横溢的罗希有着执拗和任性的一面，他是被家庭宠爱长大的孩子。今天，我在期待夜晚的到来，因为，夜晚是我和罗希网络见面的时间。我过得充实快乐，我看着灰灰在屋子里欢跑，我也忙碌地在几个房间穿梭。因为罗希，我开始刻意减肥，我希望自己能完美，我希望疫情快点结束，我和罗希能够见面。

夜幕降临，我特意打扮了一番，在卫生间把自己的长发扎成了两根小辫子，这是爱情的动力让我想年轻一些，在深夜十一点时，罗希上线了，他打开微信视频就笑了起来，说道：

"小芮，你适合小辫子，看着像一个小女孩，你的脸很清秀。"我看着他的目光深邃中掬着爱慕和迷恋，瞬间，我竟然想给他一个亲吻。

我正对着摄像头发怔时，他猛地对着摄像头亲了一下，因为摄像头的原因，他英俊的脸也拉扯得变形了，看着特别滑稽和可笑，我哈哈哈大笑起来，我大笑时笑眼弯弯眯起了眼睛。

然后，他几分任性和幼稚地告诉我，想不管不顾地来看我。

"小芮，我想来看你，即使被隔离也要来！我想周六能有一天时间也足够了，第二天我返回。"在摄像头里的罗希外表虽然看着儒雅、英俊、成熟，但任性起来像个孩子。

这时，我必须理性起来制止他的冲动念头，我严肃地回答："不要来，你来了我无法承担责任，如果你死了我会后悔一辈子，还有，你会给我的城市带来巨大风险。"

然后，我们反复考虑和商量，最后认为，只有等待疫情稳定，我们见面才是最安全的。我和罗希一起憧憬着见面的一天。

这时，我们关闭了视频，用心灵和文学想象来交流能够见面的一天。

"小芮，你会到机场来接我吗？"

"当然了，傻瓜，你为我而来的。"

我用一个作家的想象力打出了文字：

"罗希，我会穿着米色风衣到机场接你，你看见我时不要后悔。"

"小芮，我穿着藏蓝西装，戴白色领带出现在机场。"

"不，罗希，我们不需要商务形式的见面，最自然最舒服的样子就好，你记住，长发飘飘的女人就是我。"

"好的，小芮，我会把你抱起来。"

"罗希，你把我抱起来可以转几圈？"

这时，我们打开了视频，我们在视频里相对而笑，他说："小芮，你太胖了，可能无法转圈。"

我又哈哈哈大笑起来，我知道，我笑起来一点也不淑女，而罗希却告诉我，正因为我的自然不羁和他认识的所有女人不同，我才深深地吸引住了他。

此时此刻，夜色渐深，罗希抱着吉他给我唱了一首英文歌曲，这是英国披头士约翰·列侬的歌曲《漂亮男孩》：

> Close your eyes
>
> Have no fear
>
> The monster's gone
>
> He's on the run your daddy's here

罗希深情的歌声冲击着我的心灵，我的眼前的他就是个漂亮男孩，他弹奏吉他的模样像个音乐人，和医学博士的形象相距甚远，罗希的棱角分明的个性和多才多艺深深地潜入了我的心灵，我感觉自己已经毫无抵抗力地爱上了他。

虽然，疫情让这份美好的感情非常珍贵，不过，因为无法相见的障碍我们深感无力，我对这样的情感患得患失，我奇特地发现，我们互动的美好的过程是我四十岁前没有邂逅过的经历。因为，这份奇特的缘分和情感没有世俗的功利性，那么纯粹，我们的共同爱好像磁场深深吸引着彼此。

第二天，我睡了一个自然醒，窗外的鸟儿已经啁啾和喧闹，阳台上的鸣啭吸引着我查看阳台屋顶的燕子的小筑，它们并不怕我，这一窝快乐的鸟儿过着自己的日子。这时，我在阳台伸展身体活动起来，我大口呼吸着清晨新鲜的空气，靠山而居的日子就是住在天然氧吧里，好像我已经淡忘都市的肖芮那段灰暗的日子，那个在职场遭遇报复和打击身患抑郁症的我仿佛成了过去，我认为自己已经告别了轻度抑郁症，有时，张大鹏医生偶尔给我打电话询问我的情况，他也感觉我的状态很好，渐渐地他也不来电话了。

早上的时间总是流逝得很快，我才想起为了下午的野餐需要烘焙点心。我在阳台上顺手把披肩直发扎了一个丸子头，让额头的刘海自然垂落在眉上，然后轻盈地走进厨房，穿上围裙，开始烘焙司康苹果。司康是最简单操作的点心，味道可口，当烤箱的司康浓浓的苹果味飘逸出厨房时，我手里拿着一大杯咖啡返回阳台，目光眺望着对面的森林，今天，又是阳光灿烂的一天，非常

苏醒

适合野餐。我给罗希发了语音：

"罗希，下午，我和朋友去森林野餐。"

罗希立刻回复我："正在上课，开心玩，回头再叙。"这是我和罗希的日常沟通，我们仿佛没有距离地随时在联系。我陶醉和流连在这样的亲密互动关系中，经历过职场打击的我认为罗希是老天给我的礼物。

下午三点时，我如约来到石桥等候虞洋她们，我猜想我是第一个准时的人。果然，片刻后，我看着虞洋和李英各自拎着一个篮子来了，她们看着我拎着袋子问："给我们烘焙了什么好吃的？"

"司康。"我笑着回复。李英好奇地问："啥是司康？"

虞洋也说："我也第一次听说司康，也许，我离开大都市太久了。"

这时，我看着她俩说："最简单的烘焙，到时，我教你们，今天，我给你们烤了苹果司康。"

三个女人一台戏，此时，午后斜阳时分，三个女人在白色石桥上对望嬉笑，在群山围绕的锦绣古镇这是一隅的风景，三个不同的女人相遇在锦绣古镇，延续着不同的故事。

我们拎着篮子和袋子往白色石桥桥头方向走去，森林就在不远处，这样的时刻，苟三娃的死亡之地对我们来说内心还有阴影，但已经被美好的天气和美丽的风景淡化了。

很快，我们就到了森林。其实，可以走到森林的有两条路，一条是钟老板客栈后面的大片竹林，还有这条白色石桥。

当我们刚走到森林边缘时，突然，李英说了一句：

"虞洋姐，告诉你一个神奇的经历，我和肖芮姐采蘑菇时看见了熊猫。"李英话音刚落，虞洋一脸的揶揄和好意提醒："切，看清楚了吗？我怎么没遇见？这里没有任何人看见过熊猫，不会是狗熊吧？太危险了，你们以后捡蘑菇就在森林的边缘好了，这个森林一望无际，有动物，记住，动物凶猛。"

此刻，我沉默了。的确，我和李英与熊猫的遇见很奇特，冥冥之中仿佛是命运的安排，我有一种心灵感知，就像在都市里的家和白鹭的对视，我也经常在梦里得到某件重大事件的预示，因为我没有找到可以说服自己和别人的理论，这样的事情，我和李英互相知道就足够了。

我们为了安全，不敢往森林深处行走，就紧挨着森林的边缘找了一个树枝交缠遮盖了阳光的地方。因为几天没有下雨，草地还能就地而坐，我刚要坐下，李英阻止道："别坐，我去找几片大叶子。"

我和虞洋面面相觑，感受着午后的暖阳，李英很快摘下来绿叶子铺在了草地上，我们一看都笑了，不约而同地都穿着牛仔裤，而李英的身材是适合牛仔裤，虞洋感慨：

"肖芮，李英如果在大城市简直迷死多少男人，清水芙蓉啊。"

我迎着头顶上的树叶遮盖的斑驳的阳光眯着眼睛看着李英，她被我们看得脸颊通红，愠怒道：

"你们就拿我开玩笑吧，你们城里人和我们不一样。"

李英说着拿出了食物,温热的大米糕散发着酸酸甜甜的味道,虞洋拿出了一个保温壶装着热咖啡,而我拿出了我的苹果司康。

虞洋拿出三个杯子倒好了咖啡,递给了我和李英,我伸出拿李英的大米糕,迫不及待地咬了一口,味道极其可口,我大呼道:

"太好吃了,大米的清香,酸甜适中。"

这时,李英笑着说:"是炭火烤的米糕,所以更好吃。"

我马上让她们品尝我的苹果司康。李英吃了一口说有黄油吃不惯,虞洋却很喜欢黄油做的食物,吃得津津有味。

这是我们的下午茶。这时,草地上的白色小花在微风中摇曳着,阳光穿过大树的缝隙斑驳地照在草上,我索性躺在草地上伸展了身体,说:

"这样真舒服,我的腰有椎间盘突出的毛病,是工伤。"我说完叹气。

"肖芮,你没有和我们谈及过你的工作,给我们说说吧?"虞洋好奇地看着我。不知为何,我内心抗拒和回避我在外企的工作历史,也不想像祥林嫂般见人诉苦,我目光淡然地看着她们说:

"我呀,曾经是人们说的外企白领,现在是无业游民,因职场打击我得了抑郁症,不过不严重,但我不想再回职场了,所以辞职了。"

当我说完时,李英马上说:"肖芮姐还是作家耶。"

我苦笑了一下:"网络作家,实体书投稿目前没有回音。"

虞洋宽慰道："好了，肖大美女，你拥有了很多女人没有的，你知足吧。"

"我是离婚女人，四十岁了，没有孩子，了无牵挂，真是失败啊。"我自我嘲讽道。

"哎呀，你算了吧，你们写小说的就是无病呻吟，你看我，比你小几岁而已，我男人经历了很多，我也没有觉得自己失败，我是唯心主义，只想自己快乐，但我也在寻找生命的意义，所以，选择了佛教……"

虞洋话语速度很快，但她进入了自我思考的状态，最后，她自己沉浸在思考中停止了说话。

这时，我眯缝着双眼从缠绕的树枝树叶的缝隙看着天空，微微阖眼，眼尖的虞洋一把把我拽了起来说：

"肖芮，你别想睡觉，我和李英等着你交代你的个人问题。"

第十七章

我被虞洋一把揪了起来,无奈地看着她说:"我想在这样的阳光下好好睡一会儿。"

"睡什么呀?好好交代你最近怎么了?"

虞洋故作严肃表情审问,李英笑得不亦乐乎。

这时,我用手梳理了一下散乱的直发说:"我呀,开始网恋了。"

李英一听立刻说:"网络?网络骗子很多,你不怕?"

虞洋替我回复:"李英,肖芮和他是笔友,是'文学世界'认识的,不是那种网络交友。"

这时,李英紧蹙的眉头放了下来:"哦,这样就好。"

"肖芮,对方是怎样的人,长得帅吗?"

虞洋紧追着问我。我拿保温壶给杯子里加了咖啡后,娓娓道来,告诉了她们我和罗希的相遇、相知,还有相爱的经历。

这时,她们安静地倾听,表情挂着担忧和羡慕,她们凝视着我幸福的脸庞和我一起憧憬着这段爱情能回归现实的美好。

李英羡慕道:"真的好美好呀,羡慕肖芮姐。"

我讲述完后，看着虞洋说："我交代完了，你说说你那位我不看好的男友吧。"

"肖芮，别问我了，我不知道怎样回答，这段感情让我很惘然，他有暴力行为，职业也不正当，就是那种民间放贷的公司，但是，我离不开他。"

我追着问："你离不开他什么？"

此刻，虞洋目光暗淡，嘴角带着玩世不恭的浅笑："我害怕孤独，我离不开男人。"

李英看着我们交谈，她羡慕又唏嘘道："我真想经历一次爱情啊。"

这时，虞洋在草地上扯下一把草说："肖芮，我们应该帮助李英离开这个美丽得让人不想离开的地方，但也是与世隔绝的世外桃源，李英应该走出大山看看，我们来这里是避世修养的，她和我们不一样。"

我赞同地点头，因为我的内心早有这样的想法，下午的野餐时光被我们肆意消耗，三个女人叽叽喳喳，轻言浅语，嬉笑打闹，很快时间就到了傍晚时分，我们感觉到了丝丝凉意，李英一看时间急了：

"哎呀，我要回家煮晚饭。"

我们各自收拾自己带来的东西，起身准备各自返回自己的家。傍晚时光，落日余晖照耀山峦和层林，我们的脚下也变成了橘红色，我回头看着这片森林：

"苟三娃竟然死在这里。"

李英咬着下唇说道："他是被熊猫复仇咬死的！"

李英脱口而出的一句话把虞洋惊诧得目光投向我和李英，摇头道："你们两个人真是奇特的心有灵犀一点通，我看说不通，我从来没有看见过熊猫，我不相信熊猫能集体复仇咬死人，熊猫吃人吗？"

我坚定的目光看着她一字一句："动物凶猛仅仅为了生存，但人不一样，人是理性的，可以控制自己的行为，在善与恶之间选择，当人有杀戮行为时就是禽兽，比动物凶残，我相信苍天在上，万物有灵，我们不知道的事情很多，因果总有报应！"

此刻，虞洋和李英默默无语和若有所思地看着我，我接着说：

"人类对自然界有很多未知的事情，我这个哲学入门者来说不敢班门弄斧，但我清晰地记住了希腊哲学家亚里士多德的著作《行而上学》里的一句话——动物生来就能感觉事物，有些动物从感觉中得到了回忆，有记忆的动物比没有记忆的动物更聪明且更善于学习。"

虞洋立刻接话："肖芮，别和我们谈哲学，我也没读过这些书，好吧，我相信你的所谓感觉，因为，我相信善恶和因果轮回，因为我是佛教徒。"

这时，"叮"一声微信提示音来了，罗希的文字发了过来：

"小芮姐，野餐结束了吗？我在等你上线。"我嘴角泛着甜蜜，微微笑了。虞洋几分调皮几分猜疑的目光看着我说："肖芮，让他打开视频，让我们看看。"

李英满脸闪烁着好奇的光芒："就是，让我们看看他。"

其实，我有些担心罗希不喜欢这样的方式，看着她们期待的目光，我发了语音："罗希，视频方便吗？她们要看看你。"

没有想到，罗希立刻打开了摄像头，他愣头愣脑地出现在视频里看着我们，模样十分滑稽，瞬间逗笑了我。

他绅士地说着："你们好，谢谢你们照顾肖芮姐。"

罗希英俊的脸和颇有艺术气质的长发，身着圆领黑色的T恤在摄像头里看着青春和阳光。

这样的见面，有点尴尬，我想结束视频时，虞洋立刻说：

"罗希，你好，我不想说客套话，你比肖芮小十岁，你能对她负责吗？"

罗希目光坚定地回复："我能给小芮幸福。"

他说这句话时，我内心隐隐不安，我的第一次婚姻失败和我不能生育有关，突然间，我觉得自己太自私了，没有合适的时间告诉他这个严肃的事情。

虞洋的话提醒了我，我在视频里对罗希说：

"今晚我回去和你谈一件重要的事情。"

罗希点点头说："我也想和你说一件重要的事情。"然后，我们关闭了微信视频。

这时，李英才开始说话：

"他真帅啊，肖芮姐，你不动心才奇怪。"

"他的帅只是给了我好感,给我的情书才打动了我。"我看着李英继续说,"热爱文字的人无法不动心。"

突然间,李英的手机铃声大响,是柱子给她打来电话,柱子激动地告诉她,苟三娃的大黄狗生仔了,李英开心地告诉我们这个消息,虞洋一脸的与己无关,而我从没有看见过刚出生的小狗,好奇心让我立刻说:

"我们去看看吧。"

虞洋无奈地点头配合,李英倒是热情地说:"到我家吃晚饭吧,今晚妈妈煮的晚餐,都是素菜。"

佛教徒虞洋倒是高兴了:"好啊,今天正好是我吃素的日子。"

三个野餐的女人又一路走向李英的家,我们一路上被夕阳余晖笼罩着,一种橘黄色的光芒,不论群山还是森林,不论田野还是小路,因大黄狗的生仔和我收获的感情,一切在我眼里都是温馨和美好,我享受眼前和当下的美好。

当我们来到李英家时,看见柱子把大黄狗和出生的五只狗仔都照顾得很好,李英妈妈从破旧的厨房走了出来,她声音很虚弱:

"你们都来了,晚餐都煮好了,你们将就吃吧。"此时,我们簇拥在大黄狗的身旁,它的眼里充满着母爱,我很好奇狗的变化,也感慨自己的变化,这条凶悍的狗在柱子人性的关爱下变得温顺,看我的目光也温柔了。

我看着肉嘟嘟的粉嫩的几条刚出生的小狗搜索着母亲的奶头,动物的最纯粹的本性让我们沉浸在生命之初的欢喜中。柱子笑着对我们说：

"你们看，吃奶的小狗好可爱。"

片刻后，我们走进李英家的客厅吃饭，一张朴实的木桌上摆放着几个朴素的菜肴，炒青椒、青菜打蘸水和炒鸡蛋。这是我这几天吃得最可口的饭菜，虞洋也吃得不作声了。

在夜幕来临时，我和虞洋离开了李英家，我们迎着春天的晚风，走在锦绣古镇的这一条长长的街道上，灯火人家在夜幕中充满着人间的烟火气息，不知谁家的烟囱在袅袅升腾着煮晚饭的炊烟，也不知谁家的窗子飘出了饭菜香。此时，我沉浸在山里傍晚的冷意和远离喧嚣的寂静之中，内心无比安宁和恬静，又因罗希，我走得很快。很快，我和虞洋各自回到了自己住所。

回到家，不知为何，这个时刻，我的心情沉重了起来，今晚，我准备和罗希说出一件让我心里忐忑不安的事情，但我必须告诉他。

在夜色进入黑暗时，窗外的景色也渐渐暗淡，这时，罗希上线了，我们打开视频，此刻的他就像清晨新鲜的空气般清新和充满活力和阳光。

"小芮姐，今天野餐愉快吧？你的朋友们真好。"

他微笑着，嘴角棱角分明，眼里泛着温柔，在摄像头里注视我，然后，他开心地说：

"芮姐，我把我们的事情告诉家人了。"

我吃惊道："天呀，我们不是说好了，没有见面前不要告诉你父母好吗？你干吗冲动！"

"小芮，我父母已经阅读了你的电子书《为了生命而歌唱》，父母说你很有思想，而且你是写这个医药行业故事的第一个人，非常有意义，姐姐说你人也很美。"

我看着罗希沉浸在憧憬中，不知为何，我内心隐隐感到不安。

"罗希，你太冲动了，我们应该见面后决定了，你再告诉家人。"

"芮姐，难道我们这样就不是见面吗？"

罗希的问话让我内心凝结的阴影噎住了喉咙，顿时无语。我在自问，我们这样是见面吗？除了无法触摸到对方，我们确实每天见面，感情也在日渐增加。

此刻，我的双眸布满忧虑，他敏感地看出来了：

"小芮，你不开心？"

这时，我做了一个吞咽的动作调整了自己的情绪说：

"罗希，我可能无法生育，你是你们罗家的独子。"

我说完后，垂眸沉默了，不过，罗希坚定地说道：

"小芮，我不在乎，人生苦短，我来说服我父母。"

我看着罗希充满希望和桀骜不驯的模样，内心五味杂陈，接着，他温柔地描绘未来，突然间，有一种感觉提醒我，罗希是冲动型的人格，不成熟。

"芮姐，今后，你来美国，学习西方文学，我帮你，父母给我买好了别墅，我们不用为生活担忧，我的事业已经有了目标。"

我注视着摄像头里的他问："你今后的事业目标是什么？"

"芮姐，我博士毕业后，我想进入西方政府机构，我想为华人和平民阶层工作……"

这时，我看着他目光炯炯、意志坚定，倏地敬佩他给自己做的事业规划，但我内心的隐隐不安依旧存在，这种不安是关于他的家人对我们的看法。我看着他胸有成竹、桀骜不驯的模样，我感觉事情没有他想象的这么顺利和简单。

这时，我打断了他对我们今后的规划：

"罗希，我们不要为今后做具体规划，我们祈祷疫情尽快结束，我们早日相见，见面再决定以后。"

他点点头，表示理解和支持我的想法，接着说：

"小芮，相思很痛苦，我真想用手触摸你美丽的脸庞，我想拥抱你。"

他深情地说着，双眸温柔地凝视我，虽然只是视频，我也沉浸在爱的甜蜜之中，我被罗希的爱燃烧得失去了现实的理性，忘记了自己比他大十岁的现实。也许，在我的内心，我期待着有一场突破世俗、不随波逐流的爱情，但是，疫情中的爱情真的无奈。他看见我的目光泛着淡淡伤感，他立刻说：

"小芮，你现在有我了，你不会孤独了。"

罗希这句话点燃了我的委屈，我把职场遭遇给他诉说了一遍，我的双眼泛着泪光……

最后，他说："小芮，有我，今后，你的人生有我，我会保护你。"

此时，窗外，已是深夜，今晚，月亮很大，皎洁的月光倾泻在夜幕笼罩的大地和群山，我和罗希在世界的两端，依然可以爱意浓浓，却也有着疫情防控期间的无奈，银色的月光洒在窗外呈现出朦胧的夜色，对面的山峦和丛林被月色勾勒出线条和轮廓，猫咪灰灰吃饱喝足也慵懒地窝在沙发打盹。

锦绣古镇在宁静的夜色中沉睡，那山那水，那户人间，每家每户都有个故事：蜀锦传人李婆婆家的织机房木织机响彻了一天，此时，终于安静了；李英一家人尽管贫穷，但充满了血浓于水的亲情和人性的善良与美好；钟老板的有着年代的破旧客栈在夜色笼罩下仿佛诉说着一个古老的故事；而我在倦意来袭时，和在美国的罗希关闭了视频，我相信，幸福和美好离我不远了。因为，我有勇气追寻我的幸福和快乐。万籁寂静时，那盒治疗抑郁症的药物帕罗西汀依然没有拆封，安静地躺在床头柜的抽屉里。

我很快进入了睡眠，好像在睡意正浓时，床在晃动，我似醒非醒地睡眼惺忪，却已习惯这样的余震，翻身后又安然入睡。

第十八章

这一天是星期天,罗希第一次饶有兴趣地去超市购买蒸包子的食材。住在旧金山的罗希远离纽约的父母和家人,他不会照顾自己,除了买速冻饺子就是方便面,饮食方面完全是应付。因疫情又不能外出吃饭,餐厅也都关门了,我指导他煮饭,从蒸包子开始。蒸包子对我来说不难,我最擅长的就是牛肉胡萝卜包子。每次,罗希在摄像头里看着我蒸的包子都垂涎欲滴。我故意这样诱发他自力更生学会煮饭照顾自己。今天,罗希准备启动有生以来的第一次蒸包子,对他来说比写论文艰难。他兴致勃勃特意去了华人超市,他一路上打开视频让我看着街道和城市,他笑吟吟地说:

"小芮,等你来了以后,我们一起到超市购物,我们可以去摘草莓,你在家写作,我工作。"

他在超市里打开视频选择食材,让我给他建议,他竟然买了蒸笼和擀面杖,我在视频里看着这些哈哈大笑道:

"你一个煮饭小白买这么多炊具,太可笑。"

不过，我看见了他的变化，他在学习煮饭技能。

这个时刻，在中国锦绣古镇的我开始写新的作品，而美国旧金山的罗希开始了蒸包子的行动。这个世界很大，我们依然在不同的空间和时间里连接和相爱。

这一段时间，我总觉得时间满满的，没有了之前百无聊赖的空虚感。

此刻，我起身给自己煮一杯黑咖啡，春天午后温暖的天气让人惬意得想入睡，我电脑里的小说大纲才开了一个头，我需要咖啡让自己清醒。

当我啜着咖啡思考着小说大纲时，罗希也满载而归了。他一回家就给我发微信。

"芮姐，今天我去超市遇到了我同学，一个女博士，她听说我要自己蒸包子，说她到我家里来帮我蒸包子，小芮，你说我怎么对待她？好像她很热情，不过，她是我们博士班学霸。"

我大大咧咧地说："同学来了是好事啊，你热情接待就好。"

我忽略了这是罗希给我的信号，一个女博士在追求他，因为，我自信地认为罗希对我的感情经得住时间考验，我只是期待疫情稳定不隔离时，他来见我，我憧憬着和罗希的未来。

时光如梭，我带着逃离都市和职场的心情来到锦绣古镇，意外地发现锦绣古镇的绮丽风光和人文故事。这里的山和水，这里的好人和坏人，伴随着我度过了春天，眼看着初夏就要来到。五月的锦绣古镇依然凉爽，我已经习惯了远离都市的生活，在这里我不寂寞,罗希在微信的陪伴满足了我的精神需求,我期盼着疫情能够结束,期盼着我和罗希能够见面,希望我们可以在机场相拥。

不过,就在我认为一切都在前进时,我感觉到了罗希的变化,他上线的时间不多了,我隐约感觉他在回避我,我找了一个时间,第一次拨通了他在美国的电话:

"罗希,你这几天没上微信怎么也不说一下?是写论文的原因吗?"

他在电话里迟疑片刻说了一句:"小芮,忙完这段时间我会告诉你。"

我内心有种感觉,罗希变了,但为什么这样?我们隔山隔海我无法得知。

但我看见了他在"文学世界"发表的散文,悲情凄切的心情,我也明白了他并不是忙得没有时间和我说话。

我在等待了一周时间后,忍不住在微信问他。

我敲出了文字道:

"罗希,我感觉到你变了。"

"你能告诉我发生了什么事情吗?"

这时,他突然打开了视频,消失了一周的他在视频出现时让我惊诧他的突然消瘦,仅仅一周他竟然瘦了很多,他声音嘶哑、情绪低落地说:

"芮姐,我对不起你。"

"为什么?"

"芮姐,我父母不同意我们的事情,我一直在努力做父母的工作。"

顿时,我的心跌入冰冷的湖底,我看着他憔悴的面容心如刀绞。

"原因是我比你大十岁吗?"我凄然问道。

"小芮姐,我父母是知识分子,爸爸是医生,妈妈是建筑师,家人不在意我们年龄的差距。"

这时,我从痛心到失望地问:

"那是为什么?"

他在视频里愧疚地看着我说:"为了生育孩子,我是家里独子,家族给了我任务。"

然后,他低下了头,我看见他宽大的肩膀在抽动,罗希在低声啜泣。突然间,我对他从绝望到失望,眼前是一个懦弱的男人,一个让我失望的男人。因为,我以为他很有力量能和我一起抵御世俗,没想到,他先成了逃兵。命运又给了我一次打击,在我不相信爱情时,罗希的激情和力量燃起了我对爱情的憧憬,此时,我只有心碎。因为,不论此刻眼前的罗希如何让我失望,我知道我和罗希的柏拉图的精神之恋的过程是我人生极美的情感。但我要面对美好的失去,不舍、无奈的复杂情感纠结在一起。

此时,我悲愤交加地大声说:"罗希,你这个混蛋,你不是说好了疫情稳定后来和我见面吗?你怎么出尔反尔。你真让我失望，我怎么爱上你这样的人了。"

顿时，我的情绪无法自控，失去希望和所爱的痛苦瞬间变成了失望和愤怒，这个瞬间我已不是平静的我，那个抑郁的肖芮出现了，我看着摄像头里罗希凝视我，他的惊诧的表情，我知道自己失态了，我自知不妥立刻关闭了视频。此时，我的情绪从冰冷的湖底变成了火焰在燃烧，内心仿佛有一团绝望和愤怒的火焰，当我扭头望向窗外时，正是午后时分，天空下着小雨，此刻，我非常想在雨中走一走，我拿着披肩静默地离开了家，踽踽独行地走上石桥，我只想走向森林。仿佛没有尽头的森林是心灵的避难所，是神秘的世界，这时，小雨夹着冷风吹落了路边的树叶，我的眼前竟然是一地绿叶，自己也是茕茕孑立，倏然间，我哭了起来，我看见了不该落幕的季节的春天的绿叶却终止了生命，仿佛看见了我和罗希脱离世俗纯粹的爱情的戛然而止。顿时，悲从心来，我从低声抽泣开始大声哭泣，委屈和无奈还有愤怒的情绪喷涌而出，如雨的眼泪冲洗着我心灵的失望和痛苦。其实，我是在释放痛苦，不只是为罗希和这份没有回归现实的感情，也是为了那个抑郁的肖芮，当我哭得泣不成声时，恍惚间，我竟然特别想念罗希，在泪眼婆娑的目光中，我开启微信语音边走边哭：

"罗希，你知道吗？是你的勇敢和与众不同让我爱上了你，我爱你，你知道吗？"

"我多么希望疫情结束后我们见面啊，我想在机场看见高大英俊的你，我想让你拥抱我，我想抚摸你的脸，可现在，一切仿佛是一场梦幻。"

  我没有压抑的哭声和凄婉的话语在微信语音中穿越了大洋彼岸，这时，稀稀拉拉的小雨变成了大雨，滂沱大雨卷着冷风还有眼泪、鼻涕混淆着，弄脏了我的脸，我的乱发飘飞，瞬间，我成了可悲的女人，我现在的样子可怜可悲，那个在职场被打击后的情绪又回来了，肖芮被打回了原形，我的身体在雨中哆嗦，我好像又回到了职场，那些冷言冷语，还有"一脸粉"的阴暗的媚笑。

  我忘记了时间，我让大雨冲洗我的全身，这时，我感觉有点冷时，才想起回家。我拖着无力的双腿返回了住所，此时的我像个落汤鸡，回家后，我已无力再思考什么，什么也不想做，不想上网，只想好好睡一觉，让自己进入混沌状态。我在卫生间一件件脱掉湿漉漉的衣服，用温水冲洗自己，倏然，看见镜子里的自己很憔悴，我看见自己快速衰老了，目光木讷、呆滞，此刻，我厌恶自己，一种自卑感浸满了身体，我感觉内心绞痛起来，背部也跟着疼痛。

  顿时，我感觉浑身滚烫，我知道自己发烧了，当我如发烫的铁板躺在床上时，就进入了昏睡状态。这一夜，我在高烧中做梦，梦见了去世的母亲和我对话；梦见了罗希用深情的目光凝视我，他变成了几个分裂的人；我也梦见了职场的一切，那些利益既得者用刻薄的言语说道："肖芮，简直幼稚，这个年龄职场规则都不懂。"我在迷迷糊糊中仿佛听见门铃响了很久，当我吃力爬起来时，才知道门铃不停地在响，开门一看是虞洋，她看着我的模样担忧说：

"天哪，你病了吗？你知道你睡了一天吗？什么也没吃吧？"

我用暗淡的目光失神地看着虞洋反问：

"什么，一天了，现在几点？"然后，无力垂头，我知道自己病了，不只是感冒，是心里病了，这时，她继续说：

"现在是下午三点，我的天，李英说打你电话一天了，你也不接，怎么回事？"

虞洋让我在客厅等着，她进厨房给我熬粥，我像木偶人般走到客厅傻傻地坐着，猫咪灰灰一天没吃饭了，饿得四处乱窜，我才赶紧起身给猫咪准备食物。

这时，窗外明媚的阳光照耀进客厅，在我眼里仿佛窗外是雾蒙蒙的，我想走上阳台竟然都没有力气，此刻，我对什么都没有兴趣，罗希没有上线微信，我明白，罗希已经和我无关了。

当虞洋端着一碗白粥从厨房出来时，我才觉得饿了，胃里翻涌着胃酸，我端过白粥大口喝着，片刻后，我用手擦了一把嘴角看着虞洋说：

"虞洋，罗希跑了，他不要我了。"

"跑了？什么意思？你说清楚些。"

"罗希和我分手了。"

"什么原因，因为你比他大十岁？"

"不是，我可能无法生育。"我说出这句话时充满失败者的气馁和自卑。

虞洋一脸不屑的表情，嘴角上扬道："不能生娃怎么了？我看这个罗希就靠不住，他就三分钟热情，肖芮，你还这么感性，你还相信爱情？你四十岁女人啊，还相信爱情？那小子我一看就不靠谱。"

虞洋愤愤不平的表情带着藐视我的目光，还有几分理解神情。她继续说：

"再说，疫情导致的你们无法见面。"

"哼，我看八成他身边有人了。"

"肖芮，你如果爱上他你才是傻女人。"

这时，虞洋不经意的一句话像一把刀子戳进了我心里。

我潸然泪下："我就是爱上了一个比我小十岁的男人，我爱上了罗希。"

顿时，虞洋傻了，她看着我的不争气无奈地摇头，瞬间，我和她陷入了沉默，片刻，我站起来走向我的药箱去拿感冒药，我吃药时，虞洋用无奈和同情的目光看着我。

午后时光，客厅被阳光烘烤得暖意融融，我竟然手脚冰凉，虞洋说：

"肖芮，我让李英明天来陪你，我和男友一起去西藏几天，他说陪我去布达拉宫，你这样为了一个罗希就要死不活的值不值？"

虞洋走了以后，我大脑一片空白，我呆坐在客厅沙发上，锦绣古镇的天气好像懂人心，这一天，在黄昏到来之际，又下起了大雨，大雨夹杂着如秋天一般的狂风，这个瞬间，初夏仿佛换成

苏醒

了秋天，萧瑟和落寞，延绵的大雨仿佛在哭泣，我的新小说也没有心思继续写了，"文学世界"我也不想登录了，我陷入了自己的百无聊赖的世界，就这样，不知不觉，夜幕降临，我强迫自己喝了牛奶吃了饼干。

从夜晚到凌晨，我头脑混沌却无法入睡，我拉开床头柜抽屉几次，我看着那盒抗抑郁药帕罗西汀，几次伸手拿出又放下，内心拒绝自己又进入抑郁状态，这时，我起来披着外套，离开卧室，走进客厅，打开阳台的大门，走到阳台的尽头，这时，世界是黢黑的，虽然繁星满天，眼前的一切被黑色夜幕笼罩，就如我的心沉入了冰冷的湖底，而阳台下湍流的溪水仿若生命的呼吸，提醒着我还活着，我在思量如何渡过眼前的昏暗时刻。

我又回到了都市的肖芮模样，内心有种狂躁和不安让我不停地走动，我走到底楼四处查看，然后又走上楼，最后走进卧室睡觉，我漫无目的地行动，猫咪灰灰惊恐地看着我不知所措。

就这样，我在恍恍惚惚、无法睡眠的崩溃情绪中，当时间接近清晨时，我终于打开那一盒一直回避的放了几个月的抗抑郁药帕罗西汀，用温水把药吃了，很快，我进入了昏睡，我想忘记这个现实的世界，我想就此昏睡不醒，忘记现实世界的一切……

第十九章

"叮",一声微信提示音把我惊醒,我努力睁开沉重的眼睛,伸手在床头柜拿手机时才知道已是上午十点了,没有想到罗希给我发了一段文字,我以为他彻底消失了,即使我们彼此没有删除微信,不联系就是态度。

不过,当我看了罗希的文字,刹那间,我的眼眶红了,他这样写道:

"芮姐,小芮,现在,我怎样称呼你?你像我的姐姐,又像我的妹妹,你满足了我对爱情的一切幻想,我听了你的语音,你的哭泣和你的述说让我无法入睡,我的心像碎了似的,我怎能睡得着?我们该怎么办啊?小芮,后天我们视频见面好吗?"

说实话,我不知我和罗希还能做什么,但我看见了他还在挣扎,他在做最后的努力,可我对这段感情回归到现实慢慢冷静了,这时,我问道:

"罗希,你上次说你的女同学要到你家里教你蒸包子是什么意思?"

"难道，是她？"

"这就是人们常说的远水不解近渴吗？罗希？"

我这些话激怒了他，他立刻回复：

"小芮，这个女同学一直在追我。"

"父母反对我们，她在努力追求，我不知道该怎么办了？但我爱的是你，这份爱在现实中很无奈，疫情我们见面太难，父亲说我爱你爱得虚妄。"

"虚妄？虚妄的反义词就是希望。"我反驳道。

我接着说："罗希，你为什么不能自己把握自己的感情？"

"小芮，我是家中唯一男孩，我有家族的任务，爷爷和外公在台湾期盼着我完成我的义务。"罗希用无奈和愧疚的复杂表情强调般说道。

这时，我凄然一笑："难道你的家族有很多财产需要你继承，继承的条件就是婚姻不由你做主？"

顿时，他沉默了，过了很久，他敲出一排字：

"小芮，过几天，我在视频里和你见面。"

当我看见罗希渐行渐远时，他高大有力量的形象也淡去了，我明白了，他是听从家人意见的好儿子，他的桀骜不驯只是他自己的自主意识。

而此刻，我仿佛对一切没有了期盼和兴趣，很快，李英来到了我家。

"肖芮姐，我听虞洋说了，你要想开呀，毕竟你们还没见面。"

是啊，我和罗希还没有见面，为何我和他都如此痛苦？什么是爱情，什么又是感情？我迷惘了。

"肖芮姐，妈妈今天特意为你磨了豆花，还杀了一只土鸡给你炖汤，我来接你过去，你不能一个人待在这里胡思乱想。"

我乖乖地跟随李英去了她家，李英的家四周有田野，和我的住所不一样，而这一天，晴空万里，我的确心情好了一点，柱子围着他的大狗小狗转悠，我和李英去菜地摘菜。

此时，阳光明媚地照耀，我的眼睛被熠熠生辉的阳光照射得无法睁开，不过，田野的翠绿和大自然的清新空气让我呼吸顺畅，内心舒服很多。

"肖芮姐，我拔一个萝卜凉拌，再摘点香菜。"李英抬头看着我说，手在土里拔萝卜，我好奇地问：

"这是萝卜叶子吗？"

"这棵是什么菜？"我看着所有绿色青菜几乎都叫不出名字，傻傻发问。

"肖芮姐，你需要亲近土地，你看你对田野太无知了。"

李英揶揄说着，她接着说：

"肖芮姐，虞洋去西藏了，她和男友去的。你见过她男友吗？"

我摇头道："不知为何，我不放心她和那个男人在一起。"

"虞洋很聪明，你不用担心，好了，我们回去吧。"

李英说完，我们拎着菜篮子来到了厨房，这时，我看见正屋的破旧的木方桌上放着雪白的豆花，散发着浓郁的豆子的香味，

苏醒

我吞咽了一口口水，瞬间，觉得很饥饿。

"肖芮姐，这几天，你没有好好吃饭吧？"

我点头，李英继续说："很快吃午饭了，我去叫柱子。"

我连忙对她说："今天，因为我，你也不开店了？

李英笑了，她的笑很美，秀目弯弯，嘴角漾着酒窝，她笑着说：

"今天，我陪你。"

很快，李英母亲在厨房忙活完了最后的几个菜，李英和柱子从外面走了进来。

声音无力、身体虚弱的李英母亲淳朴地看着我说：

"小肖，英子说你病了，我把老母鸡杀了，给你补补身体。"

"阿姨，推豆花需要体力，你辛苦了，你还是病人。"

"没事，我也难得磨一次豆花，英子说你病了。"

不善言辞的阿姨说话时手里忙活着摆放碗筷。

很快，我和李英一家人开始了充满本土乡土味道的午饭，此刻，我置身的周围和都市生活完全不一样，破旧的房屋大门敞开着，阳光明媚地肆意照射进屋，让我进入了一种安静的温暖状态，我不太想说话，她们就陪着我默默吃饭。

我端着一大碗白米饭使劲往嘴里扒，想沉浸在这样美好安静的时光，我想享受这样的人间有味的清欢，不知不觉，我们结束了午饭，我离开时李英拿了一包香甜的米糕让我带走。

我在李英家的午饭暂时温暖了自己，这时，我的心情和天空的骄阳有点融合,有了淡淡暖意,我告别了他们,独自回家,走路时我漫无目的放缓了脚步,行走时观望着这个神奇的锦绣古镇,凝视着家家户户陈旧的住房,那些很有年代的木屋好像诉说着锦绣古镇的历史,瞬间,我脑海里出现了李婆婆家的蜀锦织机房,我仿佛听见了织机操作的声音"哐!哐!哐!"。锦绣古镇已有几百年的历史,这个古镇仿佛是历史回音,寂静地坐落在山谷中,冥冥之中仿佛是老天刻意保护着这个古镇,让它隐藏在山谷之中,没有缘分的人也许永远不知道还有个锦绣古镇,而我幸运地知道了锦绣古镇,来到了这里。

虽然,我的情绪依然低落,思绪却乱飞,我张望着那些家家户户的炊烟和充满着人间烟火的淳朴日子,当我移步路过一个酒铺时,这个陈旧的酒铺让我好奇地走了进去,竟然空无一人,只看见一缸缸酿制好的酒散发出香醇的酒香,我酒量很差,一喝就醉,不过此刻,酒香吸引着我想喝几杯酩酊大醉,我大声喊道:"有人吗?"

过了一会儿,一个老人颤颤巍巍地从里屋走了出来。我买了一斤白酒,然后,拖着沉重的脚步抱着酒瓶继续漫无目的地行走。

当经过钟老板的客栈时,我停住了脚步,不知为何,这个时间,我想和钟大哥喝杯酒,或者喝杯清茶聊聊天,当我走进客栈,看见了钟老板大吃一惊的表情,我咬了一下下唇,我知道自己拿着酒瓶的模样吓着了他。

他说:"肖妹儿,你怎么了?脸色太难看,买酒喝啊?"

苏醒

我挤出微笑:"我想在你这里讨杯茶喝。"

"欢迎,我这里有好茶,春茶我留着了。"他说,"你到客栈大堂茶座那里等等我,我去泡茶。"

钟老板进厨房忙着泡茶时,我找了一张桌子坐下来,把酒放在桌上,片刻后,钟老板拿着茶壶和两个茶杯走了过来。

"肖妹儿,你还会喝白酒?"

"我不会,但我想喝酒。"

这时,善解人意的钟老板已经看出我的情绪不对劲了。

他说:"来,先喝茶,给大哥说说,你遇到什么打击了,一会儿我切点卤肉,陪你喝一杯白酒。"

钟老板认真时稳重老成,我端着飘逸着茶香的杯子闻了一下说:"真香啊。"

茶香也有安抚的作用,我慢慢地啜茶,钟老板喝了一大口茶打开了话题:

"妹子,有啥想不开的?我记得你给我说过你有抑郁症?"

"我不懂啥子是抑郁症,在我们锦绣古镇就没这个病。"

"我们这里的人活得知足常乐,山山水水滋养了这里的居民。"

钟大哥坚定朴素的言语触动了我,我安静地看着他说:

"抑郁症是心理疾病,大城市很多人患这个病,我不是很严重。"我说话的声音很轻很无力,"钟大哥,我的故事很长,说了你也不一定能理解,我想和你喝杯酒,回家好睡觉。"我直白地告诉了钟老板我的想法。

"好，妹子，我准备下酒菜。"

"我才吃过午饭，不饿，少做点。"

"都是现成的，马上就好，你等一会儿。"

我坐在客栈大厅内，看着空无一人的客栈，我想知道钟老板的坚持，我呷着茶，慢悠悠地消磨时间，我成了一个游荡的空心人，没有了追求和期待，我是否和虞洋一样会在这里一住下来就不走了？想起虞洋，我又担心起来，拿起手机用微信给她发了语音：

"虞洋，你到西藏了吗？"

她没有回复我，我觉得正常，但内心有一种潜意识的不安，我宽慰自己，她正在和男朋友旅游也顾不上别人了。思忖时，钟老板端着卤牛肉和一盘花生米出来了，还拎着两个酒杯。

"肖妹儿，你喝一两？"

"我不会喝白酒，就一两好了。"

"好嘞，我给你倒上。"

"这是你们本地酒，闻着真香。"

我呷了一小口白酒，瞬间辣得我蹙眉瘪嘴却有一种被酒精刺激的兴奋感，钟大哥笑着说：

"你看你，一看就不会喝白酒的人，你喝完这一两就好了。"

"钟大哥，你为什么一直守在锦绣古镇？"我往嘴里放了一颗花生米问道。

"其实，我没有刻意不走，或者刻意离开，几次有离开的机会没有成，命运把我留在锦绣古镇，这个客栈也有了历史，祖传的房屋，那我一定有使命，这里还真需要我，我就知足常乐吧。"钟大哥回复道。

"你对苟三娃的死怎么看？"我偏执地问。

这时，他滋溜喝了一口酒说：

"我晓得你想说啥，你认为苟三娃被几只熊猫复仇咬死了。"

"虽然，我不相信你的判断，虽然我也看见了那些熊猫的脚印。你的这个推理好像有点道理。"

"不过，有一点我肯定，苟三娃这个混蛋是偷猎熊猫和其他动物，杀死动物贩卖动物皮的坏蛋，后来，公安局发现他的银行卡有很大一笔钱，来路不明，他只有几亩地靠什么赚这么多钱？"

这时，他义愤填膺，然后，端起茶杯继续说：

"小肖，你的推理可能是对的，但他人死了，死无对证，因果报应我也相信。"

我和钟大哥一口酒、一口茶地聊天，时间竟然很快过去了。当窗外暮霭昏暗时，我发现自己已经喝了几杯酒，微醺的感觉真好，我告别了钟老板，摇摇晃晃地回到住所时已经是黄昏时分。

我在傍晚的夕阳余晖下，站在小花园里不想进屋，好像我进屋就能看见罗希似的，倏然间，我觉得自己可笑和畏葸不前，我和罗希算怎样的感情？几个月而已，并没有见面，还没有握手就爱得死去活来的感情正常吗？爱情是什么？是柏拉图式的精神恋爱还是现实中目的明确的遇见和相爱？

苏醒

罗希为什么能走进我心里？我为什么会如此痛苦和难过？我自问时，此刻，我感觉大脑一片混沌，就索性坐在草地上，仰望眼前的葡萄架已经长满了青涩的青葡萄，那些花依然绽放竞艳，只有我是个落魄的空心人，我是一个没有职业也没有爱情的闲人。我坐在草地上仰望天空，夕阳余晖染红了天际，这样梦幻的视觉让我怀疑罗希是否真的存在过？也许，是酒精作用，也许是极度的空虚感。过了很久，我快快地离开了小花园，回到了房间，我站在空荡荡的大客厅里感慨画家方华是一位能工巧匠，选择了如此美妙的一个地方，打造了一个世外桃源般的房屋，让我在这里和罗希有了一段柏拉图般的精神恋爱后又如梦幻般消失。

我相信，此刻受煎熬的不只是我，罗希会和我有同样的感觉，为什么美好的事情总是稍纵即逝？瞬息万变的世界，我就不能把握一份属于自己的爱情吗？这时，我感觉自己是世界上最不幸的人，那种忧伤感如傍晚慢慢弥漫的黑暗，充满了我的心，我在伤感中沉沦，我知道自己抑郁了。

这时，理智让我联系我的心理医生张大鹏，我带着几分酒醉给自己倒了一杯水，打了一个酒嗝，有种想呕吐的感觉，我坚持着拨通了张大鹏医生的电话：

"你好，肖芮，"他说，"很久没有接到你的电话了，你还好吧？"

"我不好，我又病了。"我声音嘶哑低沉说道。我如找到了救命稻草般地絮絮叨叨地告诉了张大鹏医生我和罗希的感情经历。

张大鹏医生很有耐心地在电话里听我倾诉。

"张医生，我的这段感情是虚妄的是吗？可我为什么心痛？"我问。

他说："你凭什么说是虚妄的？你们的感情很纯粹，因为你们的共同爱好和人格互补，彼此依恋。"

他接着说："不过，你说的罗希我认为他不成熟和懦弱，思想不稳定，你因恋爱的光芒投入很深，你对他很有期待，结果，你失望了。不过，你不觉得这是一个美好的过程吗？一个比你小十岁优秀的男人这样深爱过你，不论怎样的结果，都是美好的相遇。"

张大鹏医生娓娓道来地开导我，我仿佛慢慢好受了一点，最后，他说：

"如果你无法睡眠，一定吃药。"

我和张大鹏医生的电话持续了三十分钟后结束，我感觉清醒了很多，酒醒了，人也好像舒服了很多，在入睡前我吃了药，刚要躺下时，我恍惚看见了母亲出现在我面前，她不说话，只是看着我，瞬间，我想到了每次我心情抑郁低落时，去世的母亲就会出现。这是幻觉吗？我没有问张医生，我只是对着母亲说：

"妈妈，你怎么跟着我到这里来了？我不会病的，你放心，你不是来找我吵架的吧？"

我说完，眼前的母亲就消失了。这一夜，我睡得像死了过去，也许，我真的想死在没有思想的时间里，因为，没有痛苦。

第二十章

这几天，时间对我而来说过得很慢，我仿佛没有了方向，我在混沌中浑浑噩噩地过着每一天，内心反复强调自己应该忘记罗希和这段感情，内心却又无法控制地想在视频里和他见面，终于等到我们视频见面的这一天，我的内心却五味杂陈，十分复杂和纠结，因为还爱着他。

我们如往常般视频见面时间是北京时间夜晚十点左右，我期待着看见他，内心又抗拒见他，时间差不多时，他发来了微信视频邀请，尽管我情绪很低落，为了他我化了淡妆，我想给他留下最后的美好的印象。

我打开视频后，我错愕的表情注视着摄像头的那一头，因为，我看见了一位保养得很好气质高贵的中年女人出现在视频，实在看不出她的实际年龄，她知性美丽非常温婉，她在视频里注视我时彰显出清高和智慧的目光，她的声音是台湾普通话：

"你好，肖小姐，我是罗希妈妈。"

瞬间，我紧张起来，罗希妈妈至少也有六十五岁了，竟然保养得这么年轻。

"我在视频里看着你，你是那么有气质，我理解我儿子爱上你的原因了。"她继续说，"不过，你了解罗希的家庭背景吗？"

我摇头，此刻，我觉得自己仿佛是被现实淘汰后的最后通知。

"肖小姐，我们家族在台湾和美国以及新加坡都有医院，罗希爷爷早年是留美的医学博士，我们是医学世家，罗希是我们罗家的唯一儿子，他要继承家族企业，不过，他的继承是有条件的，他必须找一个家庭背景相当，年轻和适合生育的女孩结婚，也必须经过我们和老人的同意。"

"我知道，你们是相爱的，罗希一直在说服我们，但现实很理性，不是只有爱情就不顾一切，我们不能放任他放弃继承家族企业，他本来是学习理工专业的，为了继承家族企业他才学医学，肖芮小姐，你什么也不能给我们家罗希！"

这句话比打我耳光还痛，是啊，我能给他什么？这时，我清楚明白，罗希母亲是给我的最后告知，她是通知也是说明，顿时，我的手脚冰凉，温热的心脏仿佛没有了温度，我没有想到罗希的家庭背景会是这样的，我也感受到了罗希对感情和婚姻为何没有自主权。

我一句话也无法说出口，我是一个被现实淘汰的女人，被职场淘汰，被爱情淘汰，此刻，我只有自卑。

这时，罗希母亲突然扭头看着儿子说："希，你回避一下。"

片刻，她在视频里严肃地看着我的眼睛：

"你知道我儿子为了前女友患过抑郁症吗？"

我吃惊反问："什么？他从来没有跟我说过！"

马上我又愧疚地想，我也没有告诉他自己有抑郁症。

"所以，肖芮小姐，请你放过罗希吧，他的博士女同学是我们家族评估过适合结婚的女孩，女孩父母是美国的大学教授，女孩很爱罗希，因为罗希喜欢吃饺子，她每天送饺子，让我们很感动，你也很优秀，可惜你的年龄无法生育，即使生育也有危险，你不是我们家族希望的结婚对象。"

这时，我的嘴唇干裂发白，内心绞痛和纠结，自卑和绝望的心痛，我没有想到罗希有患抑郁症的经历，原来，他的强大的精神力量和阳光健硕的外表下却有颗易碎的心灵。

蓦然间，我的头脑中出现了年轻的女博士每天给罗希送饺子的画面，她优质的条件和每天的付出，我又远在天边，一个是物质现实的感情，一个是精神似的柏拉图的感情，这样的结果是必然的，我内心默默地告诉自己：肖芮，你应该退出了，有尊严地退出。

罗希母亲最后说："肖小姐，我希望你和罗希今天是最后一次视频聊天，然后删除微信吧，我儿子已经失眠多日，消瘦了很多，我不希望你们继续纠缠让他痛苦了，更不想他抑郁症发作。"

罗希母亲坚定和冷酷地说完后，优雅地起身离开了座位，片刻后，罗希在镜头前出现，他的眼眶是红的，头发凌乱，面容憔悴，他面露愧疚道：

"芮姐，我让你失望了，我对不起你，妈妈这次从纽约过来就是想和你说话，也为了见我的博士女同学。"

这时，我冷笑一声："是正式相亲吗？"

罗希说出一句："肖芮姐，你是我的精神力量，但……我为了家人和父母牺牲了我的爱情。"

我凝视着镜头里的他，这时的罗希和之前的罗希迥然不同，现在的他是向现实低头的罗希，我以为在"文学世界"和他相遇相爱是老天给我的机会，以为他是拯救我的人，结果，结局如此悲催，他母亲的话其实就是最后通牒，她的话把我拉回了现实。既然如此，此刻的我像一个多余的小丑，各种现实条件都无法和他儿子般配，和他的家庭背景更是天壤之别，这个时刻，我无地自容，为了最后的尊严，此刻，我明白了，我和罗希的爱情在现实中无法存活，我应该和他说再见了，纵然千般不舍，我也必须这样做。此刻，绝望令我的脸苍白和衰老，我深呼吸了一下，咬着下唇，看着镜头里的他说道：

"罗希，我不后悔，感谢你给了我快乐，我们的遇见一定不是偶然，是让我们互相学习彼此成长的经历，今后的人生，我们都有各自的使命，文以载道，医以济世，我坚持写作，希望你博士毕业后能成就你的事业，你保重吧！"我的声音冷漠和理性，心已碎了一地。

苏醒

这时,我看见了罗希发来了陆游的诗词:

　　红酥手,黄縢酒。满城春色宫墙柳。东风恶,欢情薄。一怀愁绪,几年离索。错错错。
　　春如旧,人空瘦。泪痕红浥鲛绡透。桃花落,闲池阁。山盟虽在,锦书难托。莫莫莫。

瞬间,我泪如雨下,我和他曾经讨论过这首古典诗词,对陆游和唐琬的爱情唏嘘惋惜过,没想到,此刻,我和罗希也进入了这首古典诗词的境界。顿时,我用理性的表现压抑着破碎的心再也无法自控,我不愿意让他看见我落寞、悲戚的样子,这个时刻,我明白我和罗希刻骨铭心的柏拉图爱情就要离去,突然间,我泪眼婆娑地注视着视频里美国的罗希理性地说:

"罗希,我们不要互相怨恨,你学医就请医以济世,而我会坚持写作,文以载道是我今后活着的意义,再见吧!"

为了最后的尊严,我没有等待他说再见,就关闭了视频,然后删除了微信,从此,我和罗希就是一别两宽了。

虽然理智让我这样做了,是罗希母亲的话把我拉进了现实,她的言语一遍遍敲打着我的心灵,内心依然在痛苦中挣扎。

这个时刻,我有着强烈的感觉,就是想找个人倾诉一番,至少大哭一场。我想到了虞洋,我已经几天没有虞洋的音信,这次,我拨通了她的电话,铃声响了很久,她终于接了电话:

"肖芮，我不该来西藏，他是疯子，喝酒打人，就在酒店打我，我好害怕，我要回去。"她急促的喘息和恐慌的声调说完这句话，就莫名其妙地挂断了电话。

我一脸茫然不知所措，有着几分担心，内心想着等她回来见面再谈。

这个时候，世界对我来说没有了颜色，也许，此刻是深夜，窗外黑黢黢的一片，我像无法呼吸般痛苦，我用如风般的动作打开阳台的玻璃门，走向阳台延伸的尽头，此刻，我看着对面黑暗中的峰峦叠嶂鬼魅般地岿然屹立，今夜，夜空中的星光都吝啬得暗淡无光，惨淡的月光凄清哀怨，我只能听见阳台下汩汩的溪流声，这溪流声提醒我一切不是梦，是真实的世界。蓦地，我觉得自己如此失败和卑微，在都市遭遇职场打击的肖芮，因逃避来到锦绣古镇的肖芮又遭遇情感的打击，倏然，悲哀和孤独的情绪涌上心头，罗希在我脑中的模样忽隐忽现，如梦似幻，一会儿生动，一会儿暗淡，心中有一种无助的失落感吞噬着灵魂。突然间，我想大声叫喊，身体前倾向着对面的黑黢黢的崇山峻岭大声喊叫：

"罗希，你这个混蛋，你说疫情后会来看我，你现在就消失了，你是个骗子，原来你也是抑郁症患者，我们都是病人，我们都是疯子。"我哭了，我用尽力气又喊了一句：

"罗希，我们都是疯子！"我喊出这句话后泪水也停止了流淌，我接受了无奈的现实。

瞬间，对面传来了我的回音，凄然和悲哀的声音，我还是孤独的我。

这个夜晚对我来说是最难熬的一夜，辗转反侧，无法入睡，我吃了药，鼓励自己放下一切，但是，一切却像电影般闪现，就这样，我昏昏沉沉地进入了睡眠，我在光怪陆离的梦中挣扎时，手机铃声却在寂静的夜里大声鸣叫，我立刻被惊醒，迷惑和懵懂中拿起手机：

"你是肖芮吗？我是公安局。"一个陌生男人的声音。

"是的，我是。"我回答时内心骤然紧张起来。

"你的朋友虞洋重伤在医院ICU抢救。"他说。

"啊，什么？虞洋怎么了？发生了什么事情？"瞬间，我清醒了。我吃惊得嘴唇变成了圆形。

对方冷静地说："你不用急，我们的警车已经在去锦绣古镇的路上了，现在是凌晨三点，你做好准备，车会接你到清城县医院，我们需要了解她的情况，其他事情见面再说。"对方说完就挂断电话，我却在不知所措和担忧状态中发呆。

这个时刻，我的心开始疼痛，这样的疼痛就和白鹭撞击玻璃的感受一样，也是唯一一次看见熊猫时的感受，我有个预感，虞洋可能很严重。

我还没离开卧室时，"咚咚咚"急促的敲门声，深更半夜，这样的敲门很让人惊恐，当我开门时看见了李英和钟大哥，李英焦急的秀目看着我急促说道：

"我们都接到公安局电话了，我们和你一起去。"

这时，窗外，晓风残月，黑黢黢的一片，我们在客厅的微弱的灯光照耀下，各自安静地坐在沙发上等待警车的到来，因为，我们都不知道虞洋到底发生了什么。

李英起身说："我去烧点水喝。"

"厨房有茶，还有你送的米糕，"我看着李英说，"你们可以吃点早餐。"

钟大哥看了一下时间："才四点吃不下早饭，喝点水吧。"

这时的房间弥漫着诡异不安的气氛。猫咪灰灰紧张不安地蹲在地上看着我们。

时间嘀嗒嘀嗒流逝，当曙光穿透云层时，黎明时分，警车来了，我们迅速上车，在焦急和不知所措中坐在车里。我看着窗外云谲波诡的天空，开始思索虞洋的人生经历，我不了解她的家庭和过往，只是知道她上过很好的大学，有才华，在电台做过深夜节目主持人，曾经红极一时。我们在沉默中无语，三个小时后我们到了清城县医院，这一路我觉得时间很漫长，我内心对虞洋有很多需探寻的疑问。

当我们风风火火赶到医院时，等待我们的却是一个悲痛的消息，警官告诉我们，虞洋因抢救无效，已经死亡，警方需要确认尸体。我们惊诧和痛心得面面相觑，无法接受眼前的现实。我一直惆然和惊恐地跟着大家走向医院的太平间，无法接受前几天还生机活泼的虞洋，就这样意外死亡，生命竟然如一粒沙般渺小，如此脆弱不堪。

此时，医院太平间像一个活人的禁地，另一个世界的人暂时在这里过渡，当我走进太平间时，仿若在做梦般的不真实。因为这个叛逆、妩媚、独特和充满魅力的女人几天前还和我在一起，她的玩世不恭的态度，她的嘲讽世俗的表情，还生动存在我的头脑中，可此刻，在太平间里的虞洋面如死灰，面部松弛和平静，她仿佛如飘零逝去的一片落叶，她拥有才华，愤世嫉俗，我知道她在寻找她内心的世界，寻找她心中的理想国。她用酒精麻痹自己，她把爱情当游戏，她又怕自己迷失，最后，她选择了宗教信仰，而她的生命在浩瀚的宇宙就是一粒沙。在这个世界，生命如此脆弱，瞬间消失在呼吸之间，虞洋也像一只迷途的羔羊，始终，她没有寻找到她想要的理想国，生命却湮灭了。想到这里，我的眼泪喷涌而出，止不住地滴落，我捂嘴抽泣，李英也在哭，钟大哥一脸的伤感。

这时，警官说：

"她是在凌晨被发现的，在马路边上，头撞击到地上的石头。根据现场分析，她是在车内和人拉扯，被人推出车后头着地，正好撞到了石头。她意外受伤，因为没有监控，无法查找离开的汽车。"

警察还没说完，我立刻说：

"她是被男友打死的，他有暴力倾向，她和男友一起去西藏的……"我红红的眼睛充盈着泪水，看着警察说明着情况。

他认真地记录后说："我们会追查这个案件，需要你随时配合。"

突然，传来了一个老年妇女的哭声，我抬头寻找声音时，看见一对老夫妻，警察连忙说："虞洋的父母来了。"

我们立刻离开了太平间，等候在外，我想和虞洋父母谈话，这时，一切都在一种死亡的寂静中，悲痛的气氛萦绕着周围，我们哀伤和沉默。

十分钟后，虞洋的父母离开太平间向我们走来，她的母亲一脸悲哀和绝望，失去女儿的凄然目光让人心痛，阿姨悲戚的目光看着我们说：

"你们是虞洋的朋友？"

"是的。"我赶紧回答。我上前去握阿姨的手，当我握住老人冰凉颤抖的手时，她凄凉的目光看着我："白发人送黑发人啊。"

"她就是不听我们的话。"

在这样的状况下我不能多问虞洋的过去，她努力控制情绪说：

"我女儿是佛教徒，她希望葬礼在寺庙举行。"

这时，老人茫然的目光有了聚焦，看着我：

"你们来送送我可怜的女儿吧。"我们互相留了手机号码。

我看着老夫妻无力、缓慢、悲哀的身影慢慢离开了我们的视线，倏然，我怀疑这一切都是梦幻，钟大哥一句话把我唤醒了。

"我们回去吧，车在医院外面等着我们。"

突然间，我的世外桃源也不完整了，失去了罗希已经心碎，虞洋的死亡让我更加孤独，只有李英是我内心唯一的温暖和依靠，我情不自禁抓住李英的手。

第二十一章

我们的车返回开得也很快,我看着群山和翠绿的峰峦在窗外快速闪过,我们在悲哀的情绪中沉默不语。太阳无比灿烂,光波耀眼地穿过车窗照射在我的脸上,暖融融的阳光覆盖着我,我却感觉身心冰凉,此刻,一切如常,斯人已去,虞洋的死虽然是意外,但我一直有不安的预感,没想到这个不安的预感变成了现实,那个生动妩媚的虞洋已经和这个世界无关,我在悲哀中沉默一言不语……

回到锦绣古镇时已经是中午时分,钟大哥让我们去客栈吃午饭,他给我们煮面。这时,我们需要一个温暖的地方,我们需要一杯热茶抱团取暖,我更需要和他们好好聊聊。

我下车后,仰头看着蓝天,如棉花般的云朵簇拥在蔚蓝的天空,锦绣古镇的澄明通透如一幅油画,我站在青石板的街道上,目光穿过整个街道,蓦然一种孤独感,就如这条寂寥的街道,虞洋的死亡给我们笼罩了哀伤,我知道我的抑郁加重了。

"肖芮姐,我们进客栈吧。"李英的话打乱了我的思绪,我的脚步跟着他们走进了客栈。

"你们在餐厅先坐一会儿,我泡壶茶,给你们煮面吃。"

我和李英安静地走到餐厅,在一张桌子边对坐,李英的眼睛很红,善良的李英在哀伤中没有恢复,而我的情绪在从哀伤中竟然奇怪地进入了麻木,我感觉我来到锦绣古镇后的情绪和在都市的情绪一样了。

片刻,钟老板拿着茶壶过来。

"你们自己倒茶,我去厨房煮面。"他说完离开。

我木然地倒茶,递给李英一杯,这时,我们还是不想说话。

时间好像走得很慢,这时,李英看着我说:

"肖芮姐,你说人活着多没意思,突然就没了,虞洋姐对人善良和热情,虽然她很神秘,但是,她怎么就突然死了?你说是被人打死的?"

李英悯然的目光注视我,我回复道:

"我一直有个不安的预感,和她交往的人有关,我几次看见她被男友打得鼻青脸肿。"

"啊?姐姐,那你没有劝她离开这个男人?"

李英的一句话提醒了我,突然间,我开始自责,喃喃自语:

"是啊,我为什么没有认真劝过她?我认为自己不应该过多干涉她的个人感情。"

突然间,自责和愧疚,还有为一个鲜活的生命的突然离去让我眼泪流淌,这时,李英说:

"肖芮姐，你别哭了，这是意外。虞洋姐死于意外。"

我泣不成声道："可是，如果我能劝劝她，阻止她和他外出，劝说她不要去西藏，也许可以让她免遭意外，也许不会造成悲剧。我这是自私，在外企职场，不能询问私生活，其实，就是除了工作其他的都无关，我早已和他们一样变得冷漠和自私，只是我没有意识到而已。"

"为什么我这么麻木和自私？"我说完后，李英递给我纸巾揩眼泪，这时，我的鼻涕眼泪都积累在纸巾上，好像自己这样就舒服点，哭泣是一种宣泄方式。

"别哭了，吃面吧。"钟大哥端着面过来并说道。

当三碗面摆在餐桌上时，钟大哥严肃说道：

"人已经死了，还自责什么？生死都是命，现在，好好吃饭。"

我们埋头吃面，这时，安静得只有吸溜面条的声音，午饭很快吃完，我端着热茶啜饮，这时，钟老板开始说话。

"虞洋在锦绣古镇好多年了，如果不是肖妹儿，她不会和我们来往，她在这里是一个神秘的人物，她只和画家方华来往，可能看不起我们这些古镇居民。"

李英赶紧替虞洋解释道："不是，她不喜欢和人交往，以前在我面馆吃面，吃完就走，不想和我交谈。"

虞洋死了，她悄悄地来到锦绣古镇，独来独往住在这里，又悄悄地消失，而且是生命的消失，留给我们无尽的惋惜，特别是我的自责。突然间，我感觉在客栈很压抑，我想去李婆婆家看看，李英陪着我离开了客栈。

我和李英离开古镇的青石板街道，踩在松软的泥土小路上，走向李婆婆家，当阳光倾洒在我们身体时，我一阵头晕眼花，感觉大地在晃动，李英连忙说道："地震了。"我才明白。

这次余震很厉害，晃动得剧烈，我和李英站立片刻面面相觑时，我想起我和虞洋也在这一条小路上遭遇地震，我们也如这般面面相觑，突然间，我心里绞痛，泛起一种隐约的不安感。

"你怎么了？"李英担忧的目光看着我问。

我摇头说："没事，走吧。"

我们到了李婆婆家，织机房依然如故地哐当地响着，细心的李婆婆看见我苍白的脸颊立刻停止了工作。李承给我们倒茶，不知为何，在李婆婆家里，我的心情好了一些，这里充满了希望，这里有过去的故事，有艺术，有着锦绣古镇的历史，更有希望。

李婆婆听完李英的叙述，她感慨道：

"面对生死离别我已经习以为常了，生死天注定，我们都要面对死亡，可我们活着就要努力做应该做的事情，我不停地在织机房织蜀锦，这是我活着的义务。"

"你们这么年轻，需要做的事情很多。"

是啊，我该做什么？李婆婆的四合院大房子因我们的到来变得安静了，李婆婆这里就是历史和人生，每次我过来就会有一种振奋的力量。

这一天的跌宕起伏，在李婆婆这里回归了平静，我在接近

苏醒

傍晚时才回到住所，日落的霞光映红了我临时的家，我仿若在梦里，罗希走了，虞洋走了，我如何振作起来？我还能写作吗？我的新作品应该写什么？

其实，这个晚上，我什么也没干，我坐在阳台上，看着夕阳余晖逐渐隐没在天际，等着夜幕降临。春天已经离开，初夏来到，锦绣古镇却依然凉爽，夜晚还有点寒凉，晚风冷冷吹来时，当我返回房屋，竟然发现房檐的燕窝不见了，不知什么时候消失的，这时，我听见了微弱的蝉鸣，"喵"的一声，小猫灰灰走到我身边，匍匐在我脚下。

这个夜晚，我吃了两片帕罗西汀，很快进入凌乱的梦境……罗希缥缈不清晰的模样凝视我，他似乎欲言又止，虞洋痛苦的表情仿佛在呼救，我却无法走近她。我仿佛又回到了职场，"一脸粉"摇曳着身姿用浓艳的面容对我嘲讽讥笑，我的梦是现实经历的整合重塑，在暗示什么？或者潜意识在暗示我什么？或者，冥冥之中，梦的预示想告诉我什么？我在梦里痛苦沉沦，药物让我昏睡，我忘记了白天和黑夜，就这样，我混淆了昼夜的时间。浑浑噩噩地过了几天……

这一天，是虞洋举行葬礼的日子，因为虞洋是佛教徒，她的葬礼在清城山万光寺举行火葬，我和钟大哥代表锦绣古镇居民参加这个葬礼。

我第一次参加佛教徒的火葬，当我们来到万光寺时，让我惊诧的是寺庙来了很多人，我没有想到虞洋的社会关系如此复杂，也能感知虞洋曾经的热情和为人。火葬仪式有僧侣诵经，长长的送葬队伍慢慢走向焚化炉，我无法看见虞洋的尸体，太多的人包围在周围，但我看见了虞洋悲痛欲绝的双亲，这些人群里的人一定有人知道虞洋的经历和往事，但是不同阶段的虞洋，突然，我想寻找虞洋给我描绘过，我却没有见过的男人，我的潜意识告诉我，他是导致虞洋死亡的凶手。但是我失望了，人太多，形形色色的人让我难以辨别和判断，我的内心在感慨，虞洋经历过怎样的人生经历？倏然间，我想最后看一眼她的模样，我对着钟大哥说：

"我们走到最前面，我要看看虞洋。"

我们努力往前靠近，终于靠近焚化炉时，虞洋的尸体正在推进火中，我不顾一切大声喊叫：

"我想看看她，等一等。"但我的声音埋没在僧侣的诵经声中，钟大哥暗示我不要打扰仪式，我绝望地看着虞洋被推进焚化炉。这一瞬间，我内心对虞洋的所有情绪被清空了，肉体的湮灭清零了一个生命在这个世界上的存在，留下的只是回忆。我仿佛听不见周围所有的声音，不知过了多久，焚化炉的烟囱冒出滚滚黑烟直冲云霄，虞洋化作一缕青烟飞向她的另一个世界。这一刻，我明白了向死而生的意思，死亡是我们每一个人的尽头，谁也无法逃避死亡，死亡从来没有年龄的限制，我们只能接受生离死别，接受死亡的到来。此刻，我没有眼泪，我仿佛清醒了。生命的价值如此可贵和短暂，我为何要折磨自己的灵魂？这个瞬间，我明白了活着就是接受不完美的人生，接受打击和灾难，接受死亡，接受无常，勇敢地融入社会面对一切，在感性和理性中寻求心灵的平衡，因为，生命是如此脆弱，更是如此宝贵，我为何还抑郁痛苦？给自己塑造一颗易碎的玻璃心？

虞洋的火葬现场让我顿悟和觉醒，是的，我有很多事情需要完成，我不能回避现实和社会。

当我和钟大哥离开虞洋的葬礼，返回锦绣古镇时，我出乎意料地恢复了平静，虞洋鲜活的生命无常和突然的消逝，给了我打击，震惊和哀伤后，也给了我启发，我的内心不再拧巴和痛苦。这一天，夜深人静时，只有我的住房在凌晨亮着光亮，猫咪灰灰挨着我酣睡，万籁俱寂，但我内心跳跃着希望，我开始写新的小说大纲，我开始登录网络"文学世界"管理我的文学论坛，我无法自控和下意识地在"文学世界"寻找罗希的文字，结果，我失望了，罗希彻彻底底地在我的世界消失了。我和罗希就如宇宙的两个不同星系的星星偶尔相遇，彼此吸引，文学和艺术爱好是我们的引力场，但是，现实的距离，疫情的世界，我们无法见面和牵手。这时，理智让我明白了我和罗希的分手也是必然的，爱情的童话在疫情的世界里很难实现。

人的心灵需要自我整合，当明白了道理也就能放下了，痛苦也慢慢离我远去。今夜，我安然入睡，一夜无梦。

第二天清晨，我在鸟儿啁啾、啭鸣声中苏醒，初夏的到来已经有了丝丝热浪，我带着清晨的朝气穿着睡裙离开卧室，穿过客厅走进厨房煮咖啡，片刻，当我端着热乎乎的咖啡时，内心陡然酸楚，瞬间，我想起虞洋，因为，再也没有人清晨陪我喝咖啡了。我端着咖啡走出厨房，走到阳台，我仰头看着已经搬离的燕窝，内心感慨和唏嘘，情绪里有哀伤和失落，但更多的是平静，我也要离开锦绣古镇了，对面的翠绿峰峦，阳台下的汩汩流淌的溪流，神奇的锦绣古镇给了我人生最特别的美好和启迪，让我遇见了美好的人们，这里的一切治愈了我。在这里，我和罗希在网络相遇相爱过；在这里，我遇到独特的又消逝的虞洋；在这里，我遇见美丽善良被命运窘困的李英；在这里，我认识了蜀锦艺术传人李婆婆，这是命运给我的使命，我和方华要完成这个使命。当我怀着无限感慨和宁静的心情低头啜饮咖啡时，一个陌生电话来了：

"你是肖芮吗？"

"是的。"

"祝贺你，你的科幻小说《彩虹之上》我们时代出版社决定出版，相关事宜，麻烦你到我们出版社详谈。"

"是吗？太好了。"我惊喜的表情洋溢着笑容，内心充满了满足感。我和出版社约好了时间，这时，我已经确定，应该离开锦绣古镇了，因为，我有很多有意义的事情要去完成。

蓦然间，我想起了同事林晓君的公益活动"高原蒲公英"，我计划参与她的活动。此刻，让我更想联系的是画家方华，他已经给了我好消息，我想跟进结果，我立刻用微信语音联系上了他。

"肖芮，我正想给你打电话，蜀锦很有欧洲市场，我想和你成立一家进出口公司，我在国外，你在国内，我们一起帮助李婆婆，让我们祖国的文化瑰宝远销世界，让世界知道中国的传统艺术……"

我安静聆听方华的滔滔不绝，片刻，我告诉了他虞洋的事情，这时，方华没有了声音，我看不见他惊诧、悲伤的脸，但我知道他在调整情绪，过了一会儿，他才说道：

"肖芮，我比你了解虞洋，她自由不羁，她是寻爱的女人，你不要看她佯装玩世不恭，她渴望真爱，如果她留在都市一定有很好的事业，可惜了，虞洋不是随波逐流的女人，她特立独行……"

这时，我从方华这里对虞洋有了多一点的了解，但让我更惋惜和心痛，斯人已去，我想记住的是和她相处的画面。

最后，我和方华达成一致，我们合力帮助锦绣古镇需要帮助的人，在我内心，我更想帮助的是李英，我希望李英能走出锦绣古镇。在广袤的世界上，聪慧的李英会找到发展空间。她的人生会是锦绣人生。

我和方华挂断微信语音后，我开始思忖和计划邀请古镇的朋友来我家吃一顿告别饭，我要感谢这里的所有人。

还有一件重要的事情，我要和我的医生张大鹏电话说明情况和我的变化。当我在微信告诉张大鹏医生时，他很惊喜我的觉醒和恢复，他耐心倾听我的絮叨，然后，感慨说道：

"肖芮，抑郁症患者需要医生和药物治愈，更需要你自己治愈自己，你自己治愈了自己。"

这一天，我把抗抑郁症药物彻底地扔在了垃圾桶。在午后阳光明媚时，我换上我的深蓝色宽松布裙走上了那座白色的石桥。我在石桥伫立了很久，因为，石桥可以看见所有景象，我看着方华租给我的宛若世外桃源的住所；我看着那个巨大延伸出房屋的阳台；我看着清澈的溪流在阳台下奔流，白色的水花四溅，一片生机勃勃；我也能看见森林，我想永远记住眼前的这一切。当太阳越来越灿烂时，我走向了森林边缘，尽管这个神秘的森林古镇居民很少有人走进深处，但我相信这个森林世界有很多生灵栖息生存。我在边缘行走时观察树下的蘑菇，太多种类的蘑菇安静地深埋在土里，散发着蘑菇特有的芬芳。

这一天，我找回了自己，不再迷失，内心也回归了平静。我如苏醒般明白了这个世界只有自己才能拯救自己，之后，我就在内心和情绪稳定、安静的状态下过了一周。

第二十二章

"大姐，你的芹菜多少钱一斤？我和卖菜的大姐询问价格。今天，是我用饺子宴请古镇朋友的日子，也是和古镇居民告别的日子，次日我会返回都市。这一天，又是锦绣古镇赶场的日子，平时寂静的锦绣古镇只有在赶场天才会热闹起来，这时，安静的街道变得熙熙攘攘，我也一大早来到热闹的赶场集市采购我需要的包饺子的食材。

此时，是早上八点，天空清透、蔚蓝，棉花般的白云簇拥在天空上，仿佛垂落下来，被群山包围的锦绣古镇像一幅水墨画，山清水秀。这个时刻，勤劳的古镇居民在清晨采摘的蔬菜还带着露水，我的眼前是一片热闹的叫卖声、吆喝声，各种新鲜的绿色蔬菜充满了生机，翠绿的菜叶给人愉悦的心情。我买了芹菜和香葱，又买了猪肉，我约了李英帮我包饺子，我不会擀饺子皮，需要她的帮助。

"姑娘，买几朵黄角兰吧？"一位卖花的满脸皱纹的老婆婆对我说道。我低头嗅着花朵的清香，立刻买了一串黄角兰，然后挂在衣服的纽扣上,我在都市也经常在街边买黄角兰,我喜欢这淡雅带着丝丝清甜的花朵。突然,一阵诱人的香味随着一股热浪在一个角落升腾,我好奇地走过去,看见有人在卖叶儿粑,新鲜的竹叶包着滚圆、雪白、软糯的糯米和大米,馅儿是猪肉和芽菜,没吃早餐的我立刻垂涎欲滴。"真香啊,我买两个。"我欢喜地对小贩说道,然后,拿着热乎、滚烫的叶儿粑迫不及待地大口吃着。清香的竹叶、糯米和大米,还有黄豆粉混合的奇特的稻米香味,只有在锦绣古镇才能吃到这样的味道。我贪婪地感受着蓝天、群山、街道、风土人情和山里的原汁原味的风味小吃。

我惬意地享受这个清晨,最后满载而归。当我回到住所时,李英正站在我的小花园里等着我,她笑靥如花般伫立在小花园里望向我说道:

"肖芮姐,你的葡萄架上的葡萄快熟了,再过两个月能吃了,但可惜你要走了。"李英笑吟吟地看着我说道。

"是哦,我不在时,你帮方华打理一下花园,所有果实归你,葡萄给我留一点,我随时会回来。"我笑着说道。

"真的?肖芮姐,太好了,我怕你一去不返了。"李英开心道。

这时,我看见细心的李英手里拿着一根擀面杖。

"你把这个也拿来了?这里有,我用过几次了,方华真是细心,应有尽有。"我感慨道。

我和李英说着笑着走进了屋内,虞洋的死没有改变一切,人们的生活依然如常一日复一日,时间依然向前走着。虞洋和昨天仿佛消逝在回忆中，但是我心里明白，虞洋的死亡和罗希的消逝触动和改变了我，让我清醒了。

很快，厨房就热闹起来，小猫灰灰也激动地在厨房转悠，我看着李英剁肉馅的麻利和力量，我立刻说：

"你真能干，心灵手巧，我去客厅泡茶。"

这时，整个房子只有厨房的响声。今天，又是阳光明媚，我在客厅泡茶时，看见光线穿过窗户照亮了整个客厅，暖意融融。我端着茶杯索性打开阳台大玻璃门，让阳光普照进来，让我用美好愉悦的心情迎接我的古镇好友。过了一会儿，我给李英端了一杯茶走进厨房。

"先喝点茶，休息一下。"我对李英说。

"肖芮姐，肉馅剁好了，我一会儿把芹菜洗好切好，就可以擀饺子皮了。"

"李英，你怎么这么能干，什么都会。"我微笑地看着李英说。

我打心眼里喜欢李英，她的心灵手巧和聪慧美丽集聚了东方女性的传统的美好。

突然间，我想起清理底层楼，立刻对她说："对了，我去一楼餐厅整理一下。"我说完就快速下到一楼，小猫灰灰也跟着我。

我已经几天没有到一楼了，我打开了所有窗户和入户门，一楼都是大玻璃窗户，仿佛是阳光房，瞬间，房间内充满了阳光的暖意。我走出入户门外，就听见潺潺溪水的声音，我心中感叹这里实在太美了，宛如世外桃源。我走向溪流岸边，眺望白色石桥，石桥的桥洞竟像一幅水墨画，美丽得让人心旷神怡，我呼吸着，伸展手臂。

当我返回房间时，开始整理大餐厅，心里思忖：

"方华做这么大餐厅干吗？是想把艺术家都集聚在这里开会吗？"想到这里，我就听见李英大声说道：

"肖芮姐，上楼来帮忙，帮我揉饺子面。"

"好嘞。"我回复着李英，把餐桌铺上洁白的餐桌布后，就快速上楼，小猫灰灰跟着我下楼上楼忙个不停。

我走进厨房，就看见已经搅拌好的饺子馅，也看见和成一大团的面。

"肖芮姐，你再揉一下面就好了，我给饺子馅调味。"李英的麻利让我不得不佩服。

"如果虞洋在就好了。"我脱口而出，这句话让我和李英突然陷入沉默和哀伤中。片刻后，李英抬头看着我说：

"我真没想到，好好的一个人，就突然没了，生命就这么无常吗？说没就没了？"

李英美丽的眸子闪烁着迷惘和困惑，还有丝丝惧怕，我立刻说：

"李英，生命就是无常的，死亡和年龄无关，我们从出生开始就走向死亡的结局，人生是短暂的，我们应该珍惜有限的生命的时光，做有意义的事情，美好的事情很多。"

"肖芮姐，我想起我们采蘑菇时偶遇熊猫的一幕，那个瞬间深深刻在我的头脑中,但我没有告诉任何人,说了也没人相信,这是一件神奇的事情。"李英说完后凝视我,希望我和她有相同感觉。我立刻回复:

"是的,人生有很多美好的奇遇和偶遇,我们记在心中就好。"

"肖芮姐,你和罗希也算美好的偶遇吧?"

李英提到罗希,此刻,我竟然有些惆然,我和罗希相遇的美好,相知得忘记时间,柏拉图般的思想和精神恋爱让我们脱离了现实,最终,这段情感终结在现实中。

我惆怅无奈地看着李英:"我和罗希像一场梦,让我心碎的梦。"

这时,李英的目光变得柔和和淡定了,她微微一笑看着我憧憬般说道:

"肖芮姐,我想活到老,我要死在妈妈和弟弟之后,这样我不会担忧他们没人照顾了,如果我幸运,我想恋爱和结婚,有自己的孩子。"李英说话时目光柔美,蕴含着向往。

我立刻说:"李英,你会拥有很多,你还会有自己的事业,我们一起努力,我们还有现在和未来。"

"姐姐,我很难,未来对我来说不敢想。"李英垂眸道。

"谁说你没有未来?我们都有,你等着看吧。"

我宽慰李英,也在鼓励自己,我暗自下决心帮助李英,我相信命运掌握在自己手里。

"好了,肖芮姐,你的面揉得差不多了。"

我和李英开始包饺子,她擀皮的速度很快,熟练和轻巧,片刻后，一堆雪白的饺子皮出现在我眼前。我和李英低头捏着雪白的饺子皮，很快变成圆滚滚的饺子。我们相视一笑，互相夸奖对方的饺子包得珠圆玉润，这是一幅充满烟火味道的油画，时间定格在这个瞬间，我和李英定格在这个时间。方华的厨房洁净又宽敞，我内心实在佩服热爱生活的画家方华，内心感谢他租给我一个仿若世外桃源的房屋，虽然，仅仅短短几个月，却像活在另一个世界，这个世界重塑了我，让我有力量和勇气回归社会和现实。今天，实在是一个好天气，室内所有的角落都有阳光照射进来，厨房都是明媚和通透的，李英美丽光洁的脸在阳光穿透窗棂的斑驳光束包围中，有种梦幻般的美好，初夏的炎热渐渐来到，因为锦绣古镇是山谷，初夏更像春天。

"肖芮姐，午饭只吃饺子吗？"

"钟大哥会带卤菜来，他带卤牛肉和猪蹄，我们再做两个凉拌菜，我买了黄瓜和水萝卜。"

"好嘞，饺子包完，我来做凉拌菜，你去客厅准备茶吧，都十一点了，客人很快到了。"

李英提醒我，我赶紧走到客厅泡茶。不知为何，此刻，我又想起了虞洋，如果她在，帮我泡茶的一定是她。这一瞬间，我想起了初次在方华这里看见虞洋的情景，她像一杯迷人和复杂的鸡尾酒，她的故事我知道的只有一部分，但她的气息留在了这个住所，她的影子留在了锦绣古镇。

倏然，开水烫着我的手，我才发现我倒开水泡茶思想走神

苏醒

了，我烫得直跳：

"哎呀，烫死了。"我这一声把李英从厨房唤了出来。

"怎么了，姐姐？"她满脸紧张地看着我。

"没事，手烫了一个泡，我用消毒水清洗一下，不过，李英，今天就辛苦你了，我不能动手了。"我有点愧疚的表情无奈看着她。

"好了，没问题。"李英说完咧嘴一笑。

这时，铃儿响叮当的门铃声响了起来，钟大哥拎着各种袋子带着各种卤菜来了。我不好意思看着他说：

"钟大哥，你又拿了这么多？我真不好意思了。"

"肖妹儿，老哥给你送行，对了，明天我儿子送你回去，我和他说好了。"钟老板的细心和豪爽让我宽慰和温暖。

时间在紧凑和忙碌中很快就到了十二点，我的客人们也陆续来到了我临时的家。这时，客厅很热闹，大家都知道这个午餐是告别饺子宴，但都带着美好的意愿和祝福来到这里。我和钟大哥在底楼大餐厅里摆好了餐桌、各种小菜、啤酒、白酒，还有饮料摆放在洁白的餐桌上，大玻璃窗外阳光肆意照射进来，仿佛和外面的景色融为一体，很快，我的客人们来到了底楼餐厅，我和李英在厨房把煮熟的饺子用几个大盘再分几次拿到一楼餐厅。

此时，阳光晃得我有点倦意，大家的说话声仿佛忽远忽近，一种真实和虚幻的感觉，随着柱子一声："姐姐，我要吃饺子。"我陡然清醒，这是我的告别午餐。我看着大家满意地吃着饺子，品尝着钟大哥准备的小菜，我想起了第一次宴请大家吃饭的热闹，而这一次是我离开锦绣古镇的告别餐。不知为何，我的眼圈红了起来，我低头吃着饺子，强忍着眼泪不要滴落影响大家情绪，这时，钟大哥说话了：

"肖妹儿明天离开这里了，真有点舍不得，锦绣古镇因为她的来到，我们之间的沟通更多了，大家觉得是不是这样？"钟大哥的总结发言让大家停住了筷子。

"肖姑娘，我们李承给你准备了一个礼物，一会儿吃完饭我们上楼，给你看看，你一定喜欢。"李婆婆真挚的表情让我温暖和有力量，我接话说：

"李婆婆，你的蜀锦艺术已经在英国被方华宣传和推广成功了，"我接着说，"这次我回去后，准备注册进出口公司来帮助方华。我希望全世界的人都知道蜀锦和蜀锦艺术。"我满眼充满期盼地说完。

"肖芮姐，我舍不得你，你走了，我去哪里借书看啊？李英失落的表情看着我说道。

"李英，我的书都送给你了。"

"什么？一箱子书都给我了？"

"当然，我回去再买。"

"太好了，肖芮姐。"李英满眼掬着欢喜，这时，入户门外吹来一阵温暖的风，小猫灰灰匍匐在门外，我想起了我第一次看见灰灰的场景，我想把灰灰暂时托付给李英照看，我看着李英说：

苏醒

"小猫灰灰暂时寄存在你家,我安顿好一切就来接它。"柱子一听高兴得站起来说:

"太好了,我的大黄的娃娃们有朋友了。"此刻,李英的母亲眼里充满了温柔,注视着自己的儿女,一个善良、柔弱的母亲的爱写在了脸上。

蓦然间,我被眼前的所有人深深感动,这是锦绣古镇善良的居民,我的朋友。最后,我拿到了李婆婆的养子李承给我的礼物,是一幅蜀锦画,当我看见这幅蜀锦是锦绣古镇全貌的画面时,内心百感交集,涌动着感动、不舍。春天的三月我带着崩溃的心灵来到这里,经历了几个月的自我治愈,初夏的六月我恢复了健康,我将带着希望和憧憬离开这里,回归火热的城市。

当白昼离去进入深夜时,我转侧难眠,不能入睡,索性起来走出客厅走到阳台,夜晚的锦绣古镇宁静,偶尔在寂静的夜里出现几声蛙鸣。我站在阳台上,背对着夜幕笼罩的崇山峻岭,面向着这间神奇和美妙的房屋,电脑还在只开着一盏灯的客厅闪烁。蓦然间,我仿佛看见了罗希的消失的背影,这一切都是真实的。我的眼泪、我的欢笑、我的抑郁和我和爱情,都留在了这里,我带着重塑的灵魂准备回家。

第二十三章

"姨妈回来了?"倏然传来一声清脆幼稚的孩童声音,我拉着行李箱刚上楼就看见了已经守候在我家门口的妹妹和侄女,我连忙放下行李箱伸出双臂拥抱我的侄女小橙子。

"姨妈,你走了好久哦,我好想你,"小橙子忽闪着大眼睛看着我说,"妈妈说你的小说《彩虹之上》马上要出版实体书了,我好开心哟。"

我满脸宠溺凝视着小侄女说:"是的,书出版后,姨妈送你几本。"

"一言为定啊。"小女孩期待的目光注视我,这时,我对妹妹说:"你和橙子先回家,我晚上到你家吃饭,几个月没进屋了,我需要打扫和整理房间。"

妹妹带着小橙子回家了,我打开了我的房门,这时,我以为几个月没人住的房屋会有一股奇怪的味道,没想到我客厅散发着淡淡的植物的清香,我立刻想到了我的干花,我把一年四季可以存储的鲜花做成了干花,有勿忘我、玫瑰和绣球花,因为紧闭窗门很久，家里虽然空气不新鲜，但还算整洁，阳台的植物和鲜花因为妹妹的照顾一切都郁郁葱葱。

我立刻打开所有窗户，黄昏的晚风夹着初夏的闷热从窗口吹了进来，都市的初夏开始热起来。此刻，我感觉到了舟车劳顿的疲惫感，第一时间我需要洗个热水澡，不过，我先给闺密张玥打了一个电话：

"亲爱的，我回来了。"

"啊，肖芮，你回来了，真好！"张玥惊喜的声音说，"我明天来看你。"

我笑着答复："好嘞，我备好茶等着美女，有很多事情告诉你。"

"哦，我很期待，你几个月时间经历了什么？你说过的那个罗希怎么样了？锦绣古镇在哪里？"

张玥的一连串询问被我终止了："好了，明天我们见面再说，一言难尽，有很多匪夷所思的事情。"

"好的，明天下午两点见。"她愉快地和我约定了时间。我把一大箱书都留给了李英，带回来的东西不多了，但家里的东西又太多，我从衣柜里取出一件宽松得如天空般色彩的深蓝色真丝长裙，拿出一条干净的浴巾，走进浴室，开始沐浴。其实我是想调整心情，这时，我想把之前的我和现在的我整合起来。想到要去出版社签约，我的内心也喜悦和激动起来，期待了很久的实体书出版终于实现了，浴室里很快雾气升腾，片刻后，沐浴完的我看着镜子里的自己，头发已经很长了，人也清瘦了，皮肤光洁白晳，这是之前的我吗？不是，这才是我心里的模样，我用爽肤水拍打着面颊，最后涂上晚霜，我决定今晚一定要去理发店修理头发，长长的黑发已经没有了发型。

黄昏到来时，我踩着夕阳的余晖去妹妹家吃饭，都市的夕阳和锦绣古镇也不一样，锦绣古镇是整个世界被夕阳笼罩着，而都市只有夕阳的余晖在空中染红了晚霞。我走在路上脚步是轻松的，都市的繁华和喧嚣没有因疫情暂停，人们的生活依然继续着。这个晚上，我在亲人的陪伴下吃完可口晚餐后，在返回的路上走进了我常去的理发店，一个小时后，我的乌黑过肩的秀发模样在镜子里出现了，发型师说：

"我一直觉得你像韩国一个女明星。"发型师讨好却不失真诚地说道。

我咧嘴笑了，我知道自己具有东方古典美，但我不会接受发型师的染发要求的，我要保持朴素、简单的美。

黄昏后，夜幕降临的都市，霓虹闪烁的街道，喧嚣和热闹的车水马龙，我走在街道上，微风吹着我的直发飘逸，深蓝色真丝裙也跟随初夏夜晚的微风飘逸飞扬，我的心情变成蔚蓝色，一种飘逸的感觉。这个时刻，我知道我的双眸掬着恬静和淡然，还有憧憬和期待。这个晚上，我需要好好睡一觉，因为，还有很多重要的事情要去执行和完成，第一件事就是去时代出版社签约实体书出版合同。此时，我惦念李英和灰灰，在我的心里我放不下她们，我立刻给李英拨通了电话：

苏醒

"我到家了,一切都顺利。"

"肖芮姐,你好好休息。"

"李英,灰灰你帮我照顾几天,我很快回来接它。"

我和李英的对话穿越在锦绣古镇和都市之间,两个不同的画面,我的心还留在锦绣古镇。今天,是我返回都市的第一天,之前那个焦躁不安、情绪低落的肖芮的影子远离了我,我相信,今后的日子不论我遇到什么我都能坦然面对,不会崩溃,这个夜晚我睡得香甜、宁静,一夜无梦。

第二天的午后时分,闺密张玥在鸟儿的聒噪声中急匆匆地来到我家,她总是在忙碌中和我见面,这位美丽、温婉、善良、有着信仰的外企白领美女,承担着照顾母亲和婆婆,还有儿女的责任,我知道,她来喝茶都是挤出的时间,而我们几个月没有见面,此刻,我欣喜地泡好茶和她坐在客厅的白色地毯上,茶具放在榻榻米桌子上……

张玥的温婉带着风风火火,她端起青瓷茶杯喝下一杯热茶,秀目立刻变成了弯月,她微笑着神秘地说道:

"肖芮,你知道'一脸粉'的事情吗?"我摇头,她接着说:

"整个外企行业都轰动了,她被助理告发违反公司合规,听说欧洲总部调查了一个月就拿到证据了。"

我惊讶地注视她问:"结果如何?"

她叹气说:"你知道的,外企合格是红线,触犯就解雇。"

"哼,我觉得活该,这个妖精太坏了,"她嗤之以鼻说完又

苏醒

说道,"肖芮,不过,你的抑郁症几个月就自己治愈,我认为你一定经历了什么?"她说完端起茶杯一饮而尽。我笑了,我平静地、缓缓地对张玥说道:"好像我心里一直有个预感,在梦里已经有过预示,'一脸粉'应该就是这个结局,就像锦绣古镇的苟三娃被熊猫集体报复咬死,这个世界的因果报应不一定都会发生,但在冥冥之中总有一种神奇力量,在一定的时间会发生因果关系,不论西方哲学家的哲学理论还是民间传说,当然还有你的信仰。"我说完呷了口茶。

张玥清澈的双眸蕴含着诧异并好奇地问我:

"肖芮,锦绣古镇有个苟三娃?还被熊猫集体报复咬死了?你不是写小说吧?真奇幻。"

我目光坚定地看着她说:"这是我真实的经历,我和古镇李英在采蘑菇时还意外地和一只大熊猫打了一个照面,当时我以为是做梦。但是,我和李英一起看见这只熊猫。"

这时,张玥的唇变成了圆形惊讶地说:

"哎呀,锦绣古镇这么神奇,我也应该去住几天。在清城山那边的方向的确有原始森林,森林附近也有几个小镇,不过,我从没听说过锦绣古镇。肖芮,你下次带我一起去古镇看看。"

我笑了并接着说:

"这几个月,我在锦绣古镇遇到了几件事情……"我回忆般地述说着古镇的际遇和故事,我说了虞洋和李英,唯独回避了谈罗希。

"肖芮,你的经历真是神奇,竟然遇见了熊猫,苟三娃的死我相信是因果报应,因为我是佛教徒,虞洋是个非常特别的女人,她代表是迷惘和避世的那一类人,不过,她意外死亡真不幸。"她接着问我,"肖芮,你和罗希的事情有结果了吗?"

顿时,我的目光暗淡、伤感,张玥已经感觉到了结果,我嘴角带着凄然的一瘪说:

"我和罗希就如一场梦,但又那么刻骨铭心,让我失落和伤感,我认为,我是爱罗希的。"我说完又不自信地看着张玥的目光希望得到认同。

善解人意的张玥看着我说:

"如果不是疫情,你们可以见面,也许你们就能在一起,肖芮你是作家,他是文学爱好者,你们有共同语言,不过生育孩子是一个难题,罗希没有足够的力量主宰自己的人生。"

张玥的理解能力和智慧让我佩服,我心里的声音:当真心爱过一个人,失去时不应该怨恨,真爱一个人不是就是希望他更好吗?这时,我的目光陷入迷惘,感慨和无奈地喃喃自语:

"放手也是爱。"

张玥接话:"肖芮,疫情年代,你不放手又如何?这就是命运。"张玥一句话让我心静如水。

此时,都市的午后和锦绣古镇不一样,阳光的明媚也被高楼大厦遮挡了,感受不到锦绣古镇那种大自然的空旷和阳光的穿透,窗外,偶尔一声汽车鸣笛提示着都市的喧嚣和繁忙。

我和张玥在法国杜松薰衣草香烛的气息中感受着一束穿透窗棂的阳光的温柔抚慰，我在倾听张玥讲述她的大家庭的不易，午后时光很快就过去了。张玥离开时，仅有的一束阳光已经从室内溜走，我开始给自己准备晚餐，早上网购的食物足够一周的伙食了。今晚，我想随便给自己煮一盘速冻水饺，因为，我需要登录"文学世界"来整理论坛，还有准备明天到出版社签约合同。

回到都市的第三天，早上十点我就如约到时代出版社签约，当我怀揣着忐忑和激动的心情来到出版社时，出版社会议室里主编马欣和编辑已经在等候我了。

"你就是肖芮？"马主编是一位短发戴眼镜的知性美女，她礼貌地问道。

"是的，我想你是马主编了。"我边回复着也坐在了会议室。这时，工作人员给我端了一杯茶，我说了声："谢谢。"

这时，马欣主编用专业的语气对我说："肖芮，你的小说我们很赞赏，而且你之前写的小说我们也读了，你很有才华和潜力，《彩虹之上》把我迷住了，你今后会成为优秀作家。"马主编目光露着对我的肯定和赞赏让我不安的心很宽慰。

"谢谢马主编，"我说，"其实，这部科幻小说我投稿了很多出版社，但是没人愿意出版，我很感激你们时代出版社的认可。"

"肖芮，你的《彩虹之上》是部软科幻小说，开始我以为是言情小说，但是，马上就发现是科幻小说了，你描写的人性的美和对宇宙的憧憬和探索，让我很感动，"马主编目光深邃看着我说,"我们觉得这部小说很值得做 IP 孵化。"她继续说,"下一步我们会做漫画书出版和影视改编……"

我听着马欣主编专业的阐述,感动于她对我写作主题的理解,很快,我们达成了共识,最后,她对我说:

"肖芮,你的形象就和你的小说一样如梦似幻,你的气质就是艺术家气质,你不说你之前是外企白领我还看不出来。"马主编微笑地说,我也笑了,我幸运地发现遇见贵人就是人生最大的幸运,遇见了解自己的人更是。

最后,我拿着合同离开了时代出版社,当我的梦想实现后,我更想完成应该做的事情,这时,我给唯一联系的同事林晓君打了一个电话。

"林晓君,我开始写新书了,准备把你的'高原蒲公英'写进我的作品里,你没有意见吧?"

"嗨,肖芮,你高兴就好。"她爽快地回答。

我接着说:"我觉得,写作就是传播正能量,让人们知道一些不为人知的好人好事,我特别佩服你的坚持。"

我和她挂断电话时,一看表已经是午饭时间了,我有了去餐厅吃饭的念头,我想到一家日本料理餐厅,因为,我想喝梅子酒、吃烤牛肉了。这时,头脑中立刻出现了公司楼上的一家日本料理,之前的我是惧怕和回避回到原来的工作环境和场所,此刻,我心里告诉自己:

"肖芮,你和公司无关了!"是的,过去的已经成为了过去式，我潇洒自如地打的来到了原来公司楼上吃晚饭，也许，是晚餐时间，没有看见熟悉的同事，我更坦然地享受我的晚餐。

精致的日本料理店竟然让我想起了锦绣古镇钟老板的简朴的客栈和那些乡土美食，我的思绪飘忽了起来。

"小姐，你想吃点什么？"穿和服的服务员在我身边问道。

我的思绪被打断，看了她一眼说：

"我想吃烤牛肉，加一份年糕，还有一碗乌冬面，一小瓶梅子酒。"我说完后喘了口气。

我的思绪在都市和锦绣古镇交叠游走，我发现自己的灵魂中的一部分还留在锦绣古镇。

夜晚，窗外夜幕中的都市灯火辉煌，我在吃烤牛肉，热乎乎的，我不会喝酒却喜欢梅子酒，我想今晚喝醉好了，回家好大睡一觉。

当我用筷子把烤得焦黄诱人的牛肉块正欲放口中时，手机铃声急促响起，我立刻拿起手机：

"肖芮姐，我刚到酒店，我明天必须见你。"这银铃般的声音是已经辞职几年的美女同事Joanne。她是我认为嫁得最好的美女，当然她也是名牌大学毕业、形象秀美的女孩，想起我刚到公司她那副不屑一顾的大小姐模样，后来，我们因文学爱好成了超越同事的朋友，我知道她辞职后去了香港大学读MBA，她的先生在香港是一家投资公司的总经理。在外企这样竞争残酷的环境中，Joanne是我收获的唯一的职场朋友，虽然我们不经常联系，但彼此互相信任，而且亲近感一直存在。

"肖芮，明天中午到酒店和我吃午饭，西餐厅见。"Joanne 在疫情严重时期神秘来到我的城市是干什么？我带着疑虑和好奇心期盼着和她见面。

这时，我看向窗外，初夏的夜晚华灯初上，都洋溢在初夏的暖意和喧嚣中，我呷了一口酸甜的青梅酒，对服务员说：

"再给我来一份烤鳗鱼寿司。"

在黑夜笼罩着城市时，我带着微醺归家，回到我充满着植物清香的小屋，带着几分醉意登录"文学世界"管理论坛，这时，看见美国笔友韩立明教授给我留言：

肖芮你好，我准备带着我的科研项目回祖国，工作事宜需要和你商谈。

第二十四章

这一夜,我睡了一个不踏实的觉,因为做了一夜的噩梦,近期,梦境都是安静和舒缓的,或者无梦,而这个晚上,奇怪的噩梦萦绕着我。在梦境中,我站在一片废墟中惘然不知所措,好像被困在废墟中无法走出,焦急和无助的情绪让我极度崩溃。在晨光熹微时,夏日的蝉鸣轰炸声才把我唤醒,这时,我在挣扎中醒来,窗外已经天明,我的思绪还在梦境中浑浑噩噩,内心有种隐约的不安感。我走出卧室,走到客厅,打开落地窗,我站在窗前俯瞰楼下的小河是否有白鹭嬉戏,很遗憾什么也没看见,初夏进入炎热,一大清早就蝉声四起,伴随鸟儿的啁啾和啭鸣,此刻,都市热闹了起来。

Joanne住在四星级酒店,她约我到酒店西餐厅吃午饭见面,早上的时间总觉得不够用,我穿了一件比较职业的浅蓝色裙子,领子有一圈白色,裙子下摆紧紧裹着臀部,这样职场的衣服我不喜欢,但为了配合她,我还是刻意打扮了一下。我在去酒店的路上,心里回想着Joanne的模样,想起我们一起工作的日子,她娇气但有才气,智慧又任性,她的婚姻很成功,先生在香港是一家投资公司总经理,我以为她做一名阔太太享受生活就好了,没想到她要创业,当我来到酒店时,远远看见了她。她提前等候在酒店西餐厅,我朝她走去。

"哎呀,肖芮姐,你还是那么漂亮。"她甜美的声音远远传来。我们几年没有见面了,此时相见依然亲切。

"Joanne,你成熟了,我老了。"我嘴角微扬自嘲地微笑着看着她说。我走到她面前,我们互相拥抱。

"肖芮姐,快坐下,今天午饭我们一定喝点红酒,疫情年代见面才是真友情,嘻嘻嘻。"她揶揄和热情地说着,这是她的风格。

我们点了牛排、蘑菇奶油汤、蔬菜沙拉和红酒,这时,午后的明媚阳光穿透酒店大玻璃窗,餐厅在阳光的笼罩下金灿灿的朦胧,高脚杯里的红酒在光束中鲜艳如血,瞬间,我眼前有点恍惚,昨晚的梦境画面晃了一下。

"姐姐,你走神了。"Joanne察觉到我的心神不宁说道。

"哦,有点,照射进来的阳光有点刺眼,"我说,"Joanne,你来我的城市开公司,你行啊你。"

她一头波浪卷发,娇小、秀美的脸洋溢着热情和满足,开始滔滔不绝地说:

"肖芮姐,我给你汇报一下,我在广州成立了高桥咨询公司,你知道,我一直想做咨询业,正好几个朋友也有这个想法,公司业务分四个板块,医药板块特别适合你,或者你是最好的市场准入策划的人选,董事会决定聘任你做分公司总经理。"她的目光恳切地注视我。

我感到很突然,不自信地说:

"我?我能行吗?"

"肖芮姐,我们一起工作五年了,你能胜任。"她坚定地说。

这时,我突然想到了李英,如果我接受这个工作李英可以来帮我,她可以从零开始学习,我正思量着,Joanne说:

"姐,你负责招聘人选。"

"Joanne,我在英国的画家朋友正想和我合作进出口公司,为了传统的蜀锦技术……"我的目光闪烁着希望,把来龙去脉告诉了她。

她开心地说道:

"正好,你可以节约办公室房租了,放在我们公司吧,蜀锦艺术发展我要支持你。"

这时,服务员问道:

"可以上菜了吗?"

"好的。"我们异口同声回答,然后,相视而笑。

"肖芮姐,咱俩一见面就聊得很多,先吃饭吧,我都饿了,下午还有拜访工作。"Joanne笑眯眯地说道。

午后时光在此刻如此美好,我和Joanne能达成共识是建立在彼此的信任上,在外企职场冷漠的环境中我们互相收获真挚的友情很珍贵,最开心的是我帮助李英终于有了办法。此刻,我们品尝着美味的牛排，喝着馥郁醇香的红酒，一切都充满着希望。

"肖芮姐，你还在写书吗？"

"是的，我的实体书马上出版了。"

我读过你写的行业小说，要出版的书是啥题材？"

"科幻小说《彩虹之上》。"

"哎呀，美女姐，你太牛了，你不任分公司总经理，我找谁去啊？这是影响力啊！"Joanne 笑靥如花地看着我说。

Joanne 的来到给了我自信，我在午后斜阳时，离开了酒店，酒店距离家不远，我决定步行回家，感受难得的阳光明媚，我也想感受这座城市的繁华和夏日的热烈。

当我走到单元楼出口时，小区那位滚圆、妖冶的大姐又出现了，还是抱着她的狗，她看见我惊讶地说：

"美女，你去哪里了？很久没有看见你了。"

她的出现总让我想起职场的那位女人"一脸粉"，我内心依旧反感并淡淡说了一句：

"有事外出了。"

我扭头从容地上楼梯，回到了家中，开始忙碌起来了，我需要给方华打电话，当然我第一时间要和李英沟通一下我的想法，我要尊重她的感受。

这时，我在客厅餐桌的凉水杯里倒出了一杯水"咕咚咕咚"喝了下去，内心的希望和夏天的热浪在燃烧，竟然很焦渴，初夏进入了盛夏，我的额头渗出细小的汗珠，我赶紧打开了空调，片刻，冷气贯穿了整个客厅，此刻，我想念锦绣古镇的凉爽和傍晚的微风。

我坐在沙发上拨通了李英的电话，我把我的想法告诉了她。李英有点激动和不知所措，我安慰和鼓励她说道：

"我给你租好房子，你带你妈妈和弟弟一起来，到时，我来锦绣古镇接你。"

"肖芮姐，这是做梦吗？我！我从没有想到过能离开古镇。"李英说话的声音因激动而颤抖。

"这是水到渠成，机会合适，"我说，"李英，你来我们公司一边工作一边学习，你很聪明，很快会进入状态，你会有美好的未来。"我悠悠地说着，憧憬着李英的未来。

我和李英通过电话后，这一瞬间，我的身心充满着力量，一种满怀希望的力量在胸膛涤荡，未来充满着希望，我在迷惘中寻找人生的价值观时，我明白了帮助他人也是活着的意义。我意识到曾经的自己也是冷漠和自私的，我之前的职场的环境大多数人的内心是冷漠的，只不过很多人在尔虞我诈和媚上欺下的环境中早已习以为常，早已失去了人性的本真和自我，甚至丧失了正直和善良的底线。这些年我在这样的环境中把冷漠当成了自然，然而，锦绣古镇，唤醒了我的人性的良知，进而我恢复了身心健康，但虞洋之死在我心里永远是个伤痛，如果我有足够的热心对她多说几句话，也许，我多管点闲事，可以避免她的死亡，因为习以为常的冷漠让我没有多的举动，离去的人永远地离去了，愧疚和遗憾将伴随我的一生，在死亡的面前直面自己的灵魂才知道自己多么不完美和自私，人应该做有意义的事情，应该帮助他人。此时此刻，我的内心感慨着，思绪涌动着，心随夏天的喧嚣变得勇敢，不再惧怕任何无常和伤害。

接下来的几天时间，每天我都在忙碌中度过，眼看着一切都在顺利进行中，我和Joanne、方华都在用微信每天沟通工作进展，特别是和方华的每次沟通都有新的喜悦，我和方华计划和展望在锦绣古镇建立蜀锦技术培训学校，请李婆婆做导师，这是一个大的规划，方华在微信语音电话时激动又严肃地对我说：

"肖芮，我们一起来保护锦绣古镇的原生态，把李婆婆的蜀锦织机房保护好，我们可以再建造或者扩大，但保护原生态很重要。"

我记住了大画家方华的语重心长，也深知我们做这件事情的使命和责任，我计算着返回锦绣古镇的日子。我是忙碌的肖芮，夜深人静时，我站在客厅的大玻璃窗前仰望夕阳余晖染红的天际，再俯瞰楼下的城市河流和对面的街道的灯火辉煌的商店，我在构想着李英来到都市以后的生活，但是，我还是无法忘记罗希，我每一天都会想到罗希，只不过，这种想念已经不是爱恋，是一种惦记和怀念，在我的内心总有一个声音悄悄地问道：

"罗希，你还好吧？我们在世界的两端，已经一别两宽了，但我希望你一切顺利，你若安好，便是晴天。"我不知道物理学的量子纠缠是否就和心灵感应有关，之前，我和罗希讨论过量子纠缠。此时，我只能用心灵呼唤和祝福他。

苏醒

我知道我忘不了罗希,但我无法理解柏拉图爱情的力量为何如此强大,为此我约了时代出版社的马欣主编吃早餐。这段时间,我和马欣主编也是每天沟通实体书出版的情况,我参与出版社的书封设计,我们在相遇相知的过程中成了朋友,马欣实在太忙,我们只能约在一个早餐时间她来到我家见面。

这是一个星期六的清晨,为了欢迎马欣,我买了雏菊鲜花放在餐桌上,提前买了新鲜吐司面包,准备法式西多士做早餐,早上八点时,她带着夏日清晨的清新,一袭知性、优雅的气质来到了我家:

"肖芮姐,我一大早来打扰你了,我们只有两个小时时间,我十点参加会议。"她职业和干练又真诚地对我说。

"好嘞,我在厨房准备咖啡了,法式西多士刚做好,你吃香肠和培根吗?我给你做了。"我问她。

"都可以,肖芮姐,我先来一杯咖啡吧。"她说着跟着我走进厨房,看着我把咖啡壶的咖啡倒出两杯,她端起一杯慢慢啜饮着说:

"哇塞,肖芮作家,你的厨房飘着培根的香味,咖啡味道很正宗。"

我们各自端着咖啡杯走出厨房,走到餐厅,这时,餐桌上摆着两盘充溢着奶香味的西多士,我又返回厨房把煎蛋和培根拿出放在西多士餐盘内,马欣说:

"真香,肖芮姐,我没想到你是个美厨娘,你要教我做饭。"

她微笑着说，我们在餐桌旁相对而坐，早上的时间很紧张，她告诉我实体书出版的时间，书封设计情况，然后问我新书的主题计划写什么？她鼓励道：

"肖芮姐，你不能停止写作啊。"

最后，因时间紧张，我简短地述说了我和罗希的故事，片刻，马欣用手推了一下眼镜，双眸蕴含着智慧，齐耳的秀发和娟秀的脸庞，知性优雅的气质在举手投足之间。她看着我说：

"我也是作家，我更是主编，我认为柏拉图的爱情是最纯粹的，没有世俗的功利，肖芮姐，你就这样放弃和罗希的感情了吗？"

我面露无奈和伤感，又故作坚强的嘴角露出苦涩的一笑，然后对她说：

"都过去了，我相信时间是良药，我会调整好自己。"

我和马欣主编的早餐见面很快结束了，就在吃饭时，她不停接着工作电话，我看着她匆匆离开，内心充满对职业女性的敬仰，我也是经历过职场大染缸洗礼的，但我对文人、文字工作者和作家有着天然的敬佩。

在锦绣古镇我找回了自己，此时此刻，我是都市的肖芮，我的内心充满了力量，我不再惶恐和胆怯，我知道前路依然艰难，或许还有伤害，但人生就是充满着危机和无常，我用淡定和勇敢面对一切，我是肖芮，我回家了，我用另一种方式回归了社会和职场。时间在推移，过去的每一天都在翻篇，我的脚步匆匆忙忙，人却精神抖擞，我在都市奔波忙碌，心中充满了温暖的希望和期盼。

最近的日子，一切都在顺利进行，我在推进工作进程，憧憬着未来，计划返回锦绣古镇接李英和家人，接走我的小猫灰灰。

第二十五章

这一天,是奇怪的一天,在傍晚来临时,暮霭到来之际,天空竟然云谲波诡,平时的夕阳余晖的霞光染红天际的景象消失了,此时,灰蒙蒙的傍晚天空,在灰暗的乌云和霞光混合之中呈现出一个奇怪和诡异的天空。

因为夏天的日渐闷热,盛夏的热浪愈演愈烈,此刻,我在窗边伫立很久,看着外面的诡异天空一脸的惘然,汗珠在额头滴答,这时,我需要洗个澡,冲洗忙碌一天的热汗。

进入浴室后,尽管炎热,我还是喜欢热水沐浴,在雾气蒸腾中,可以彻底放松,我想冲洗掉潜意识里的不安感,不过,沐浴时竟然有了一种幻象,在抑郁症发作的那段日子里,我的幻象是去世的母亲出现过几次,而这次,我仿佛看见了一片废墟和倒塌的房屋,我使劲闭眼再睁眼,想赶走脑中这个可怕的幻象,虽然,只是一瞬间的幻象,我的内心却充满了不安。当我沐浴后,穿着宽大的休闲布裙走出卫生间,我有一种焦渴的感觉,晚上不敢喝咖啡怕失眠,今晚,为了抚平内心的不安感,我给自己煮了

苏醒

一杯黑咖啡,我让浓香和苦涩的味道滚入咽喉安慰自己潜意识里的不安。

咖啡的作用、傍晚诡异的天空、脑中的幻象,都让我无法入眠。我拿着一本书想投入阅读,思想却无法集中,夜深人静时,慢慢有了倦意,我进入了睡眠,依旧不安,因为我一直在噩梦中困扰无法走出,就这样,我的灵魂和黑夜交织在一起,在潜意识的不安中挣扎。

时间应该是凌晨两点多,我在梦中看见了虞洋,就如我们曾经的模样,走在去李婆婆家的路上,突然间,大地摇晃,地震了,我和虞洋相对注视,这时,虞洋的模样虚幻起来,慢慢地消失,我在恐慌中挣扎,想从梦中醒来……

一阵剧烈摇晃,我猛然睁开眼睛,从噩梦回到现实,此刻,我睡觉的大床还在摇晃,我想起很多年前的地震情景,我惊恐地跳下床,当我离开卧室,走到客厅时,一切安静起来,我知道地震了,这次不是余震,震感强烈,是一次不小的地震。骤然间,我内心的不安躁动起来,我哆嗦地打开手机,才看见新闻在滚动,微信朋友圈已经在刷屏,大地震,震中是大家陌生的一个偏远的古镇锦绣古镇,七级地震。瞬间,我的心提在嗓子眼,我紧张地拨打李英的电话,没有信号,接下来我拨打锦绣古镇认识的人的电话,均无信号,这时,我手已经颤抖,身体也在颤抖,我快速而哆嗦地穿衣服,电话约专车深夜赶到锦绣古镇,这个时候,很多专车司机是拒绝的,因为我的城市经历过大地震,经验和恐慌占据着人们的思想，不得已我打妹妹的电话，让妹夫开车送我到锦绣古镇，妹妹万分担忧地在电话里对我说：

"姐，太危险了，好吧，你执意要去，你们一定小心，就怕余震导致的泥石流。"

这时，时间已经是凌晨四点，破晓时分，晓风残月仿佛预示着灾难和不幸，但我祈祷着锦绣古镇的人们是安全的，妹夫稳定的开车技术在经历了六个小时的快速驾驶，我们来到了锦绣古镇。当我下车时，我惊呆了，甚至无法呼吸，我的脚跟踉跄倒退几步，因为，眼前是废墟一片，锦绣古镇的街道已经面目全非，房屋坍塌了很多，还有一些房屋被泥石流埋没，眼前的一幕和我最近潜意识的幻象里的废墟一样，我只是没有想到幻象竟然就是锦绣古镇。古镇的人们去哪里了？为什么只有少数救灾管理人员？惊恐和绝望让我内心跌入悬崖之底，眼前的一切如此不真实，地震导致的泥石流淹没的锦绣古镇仿佛就没有存在过，刹那间，我难以自控地跪在地上号啕大哭，我以为整个古镇和所有人都被地震湮灭了，这时，一位救援的工作人员走了过来严厉地对我们说：

"这么危险，现在还在余震中，你们来找死吗？幸运的是古镇居民死亡不多，大家已经转移到清城县了，一些人在医院，一些人在招待所居住，你去那里去看看。"

这时，我才停止了哭泣，我和妹夫又驾驶着越野车在因地震扭曲的山路上奔驰，我固执地用手机打着每个人的电话，在灾难来临之前不是每个人都能手里还握着手机，但我依然重复地打我

苏醒

认识的每个人的电话,在夜晚消逝和黎明到来的曙光出现时,我打通了钟大哥的手机:

"钟大哥,大家都还好吗?"我急切地问。

他疲惫和嘶哑的声音回答:"有人没有逃出来。"

我紧张和焦急追问:"是谁?"

这时,他不想回复我的话,说了句:

"见面说,我在清城县医院,我腿受伤了。"

我和钟大哥挂断电话后,我们的车行驶不久就到了清城县人民医院,我们停好车,一路小跑来到医院的住院部,我闻见了浓重的医用消毒水味道。我一路小跑着找到了钟大哥,看着还在惊慌中和受伤痛楚的钟大哥时便问道:

"钟大哥,李英和她妈妈、弟弟在哪里?"

这时,钟大哥充满血丝的双眼溢出眼泪看着我摇头说:

"李英可怜啊,她为了救妈妈和弟弟,甚至几条狗和你的小猫都逃离了房子,她却掩埋在泥石流里了,李英太惨了。"钟大哥用手擦拭眼泪,我却木然得一滴泪水也没有,我问:

"怎么会是她没有逃离灾难?"

"天呀,可怜的李英。"我内心无声地喊叫着。

"是的,她需要帮助的有几个人,虚弱患病的母亲、呆滞的弟弟。"

"所有人都活着,最善良美丽的李英死了。"

我不断地喃喃自语,我无法接受这样的悲剧结局,但事实真

相就是如此，我木然地离开了医院，我要去看看李英的妈妈和弟弟，我要去看看李婆婆和李承。

此时，我在绝望中浑身冰凉，在我离开医院，再次上车时，我坐在副驾驶座位，一言不发，妹夫问我：

"李英是谁？"

瞬间，我掩面大哭，我哭泣地回答他：

"她是我在锦绣古镇认识的最美丽和善良的女孩，我正在帮助她离开锦绣古镇，一切都在安排中，怎么会这样？"

"李英啊，你在哪里啊？"我明白钟大哥的意思，李英已经掩埋在泥石流中，就是尸体都找不到了，如此美丽的生命就如一粒沙和一根草般消失了？人类在大自然的灾难中如此渺小和脆弱，甚至我和她最后的告别都没有了，想到这里我已经泣不成声。这时，妹夫说：

"人死了回不来了，如果你觉得哭舒服一些，你就大声哭吧。"

我听完他说的这句话，反而停止了哭泣，因为，我不能这样去见李英的妈妈和弟弟，很快，我们的车来到了锦绣古镇居民临时居住的招待所。

我跌跌撞撞地走了进去，直接去见李英妈妈，这时的李英妈妈极其脆弱已经无力哭泣，她用虚弱的声音对我说：

"肖姑娘，英子没了，我女儿没了，怎么就没了？"

此刻，我的心已经碎了，我看见柱子身边围着大黄狗一家，还有我的小猫灰灰，灰灰看见我激动地扑向我，只是柱子还不知道姐姐已经死去，他呆呆地看着我说：

"肖芮姐姐，姐姐在石头下面还没出来，你的灰灰我抱着出来了，你带回家吧。"

此刻，我看着柱子的惘然和无知，心痛地抱着柱子哭了起来，又怕自己哭泣影响李英妈妈，我压抑着哭声。此刻，我明白了，因为这场地震，我计划帮助李英已经没有意义了。但是，她的亲人还在，我的义务还在。这时，我想到了李婆婆，当我看见李婆婆时，她的目光还在惊恐万状中，她睁大了眼睛，发白干裂的嘴唇哆嗦着对我说：

"肖妹儿，我没有想到会发生这场大地震，我在锦绣古镇一辈子了，经历过几次地震，古镇完好无损，但这次是最大的地震，我们的街道住房被大山包围，我们就在山谷中间，直接被泥石流埋没了，幸运的是我和李承都跑出来了，不过，奇怪的是织机房的木织机竟然还完好。"我听着李婆婆讲述，此刻，我才知道，我和方华要做的事情是多么的重要，我握住李婆婆的手注视着她的目光说：

"我和画家方华正在努力帮助你，因为这次地震，项目只能延后，但我们一定努力让蜀锦艺术流传和发扬光大，李婆婆，你放心，我会经常来看你们。"

这时，我看见了李婆婆的眼中噙着的泪，我看见了她的期望和宽慰。

最后，我带着小猫灰灰离开了清城县，离开时，相关人员告诉我，锦绣古镇会重新建设恢复之前的面貌。在返回的路上，我头脑一片空白，这一切仿佛是一场噩梦，就如我梦中景象，只是，当我来到锦绣古镇时，美好让我如梦，这次离开已经不存在的锦绣古镇时，我才明白什么是转瞬即逝，才明白彩云易散玻璃脆的含义，美好出其不意出现，又会在大自然中突然湮灭。李英死在这次大地震中，但她的家人还在，锦绣古镇还没有重建之前，我必须经常来看望她的至亲。这时，车在山路奔驰，我的身心仿佛飘离了身体，仿佛我的灵魂在俯瞰曾经美丽的锦绣古镇，我看见了虞洋，看见了李英，然而，现实告诉我那些美好已经湮灭和消逝，大自然的力量是巨大的，人在大自然的摧毁中束手无策。这时，我扭头看着车后的道路和山峦，蜿蜒的道路渐行渐远，一切在我的泪水中模糊不清，终于，我闭上眼睛，接受了现实。

　　我返回都市后，几天不想说话，我并没有抑郁，反而活得非常清醒，我和方华每天微信沟通项目进展，锦绣古镇的湮灭让我和方华有一种使命感，帮助李婆婆把蜀锦技术发扬光大，走出国门，走向世界。后来，因地震，人们才知道了还有个不为人知的神秘的锦绣古镇。

　　李英永远在我心中如天使般辉耀，虽然她的生命如一粒尘土般消逝，但她是我心里永存的美好。锦绣古镇消失了，但古镇的人们还在，还可以重建锦绣古镇。

　　一个仲夏的清晨，我穿着白色的长裙，站在大玻璃窗前凝视窗外，黑发齐肩自然披散，窗外，有几只白鹭在飞翔，白鹭凝视着我,在窗外盘旋,天空蔚蓝清澈,浅浅白云如轻纱般飘浮。这时,我的脑中锦绣古镇的所有画面和眼前的景色交织在一起,昨天和今天交织成一个空间,但是,昨天却永远消失了,我们必须往前走。此刻,我的双眸掬着晶莹的泪水,美好总是转瞬即逝,但永远地刻在了我的生命中。突然地,我的手机铃声急促响起,铃声扰乱了我的思绪,我转身走到沙发前拿起手机,顿时,我的心颤抖着,欣喜在我心中跳跃,我听见了一个熟悉又陌生,却让我激动万分的声音:

"肖芮姐,我是罗希,我回国了,结束隔离就来见你。"